WURST

FRITZ HENDRICK MELLE

WURST

ROMAN

SCHWARZKOPF & SCHWARZKOPF

**»Um Dinge zu haben,
die andere nicht haben,
müssen Sie Dinge tun,
die andere nicht tun.«**

CARSTEN MASCHMEYER

1

Alles brennt. Alles.

2

In einem Leben davor habe ich eine Frau, ein Kind und ein Haus. Ich arbeite viel. Ich bin freier Berater. Das Kind wird groß und zieht aus. Die Frau wird Buddhistin. Sie sagt, ich soll meine Wut umarmen, sonst bringt die Wut mich um. Bevor ich die Frau umbringe, gehe ich Holz hacken für den Kamin. Ich hacke viel Holz. Das hält fit. Die Frau fährt auf Retreats. Ich versuche, Geld zu verdienen. Kredite, Rechnungen, Steuern – das Leben muss bezahlt werden. Die Frau trägt ein rotes Bändchen am Handgelenk. Sie sagt, ihr Lama sagt, dass sie ihren eigenen Weg gehen muss, weil niemand den Weg eines anderen gehen kann. Ich sage ihr, dass sie das doch schon all die Jahre macht. Die Frau ist das Kerosin. Meine Wut ist das Feuerzeug. Kurze Zeit später ziehe ich auf richterliche Anordnung hin aus. Die Frau behält das Haus. Ich bekomme die Couch von BoConcept und die Stehlampe von Artemide. Ich bekomme den Breuer-Sessel und die Vasensammlung von Philippe Starck. Ich packe die zwei handsignierten Bilder von Daniel Josefsohn ein. Ich behalte einige nützliche Küchengeräte von Alessi.

Am Tag des Umzuges ist ein Betonmischer zu schnell im Kreisverkehr am Großen Stern unterwegs. 50 Tonnen Stahl und Beton kippen auf den 12-Tonnen-Kastenwagen der Umzugsfirma. Danach sind meine Möbel einen Tag lang berühmt; der *BZ* sind sie eine halbe Seite wert: ein grauer Klumpen Beton, aus dem hier ein filigranes Chromstahlbeinchen ragt und da ein bunter Fleck.

Bevor der Umzugswagen und ich losfahren, nehme ich noch eine Kiste von der Ladefläche des Lkw und stelle sie auf den Rücksitz meines Range Rovers. Reine Intuition. In der Kiste sind meine Espressomaschine, die italienischen Espressotassen, das Mahlwerk, ein 1-Kilogramm-Beutel mit ungemahlenem Espresso, ein A5 großes, gerahmtes Bild, das im Stil von A. R. Penck einen Fisch mit einem großen Herzen und spitzen Zähnen darstellt: Barrakudas are beauty with teeth. Auf dem Beifahrersitz liegt meine Tasche mit Rechner, Festplatten und Kabeln. Im Kofferraum ein Sack mit Klamotten; drei blaue Hosen, fünf blaue Pullis, zwei mit V-Ausschnitt, drei mit Rundbündchen, weiße und graue T-Shirts, Unterhosen, Socken, Chucks.

Die Versicherung zahlt 10.000 Euro pauschal für den Schaden.

Mein Leben – ein grauer Klumpen, der von der Straße gepickert werden muss.

Es heißt, ich habe großes Glück gehabt, weil es nicht mich erwischt hat.

Ich bin mir nicht sicher, ob das Glück ist.

Die 10.000 Euro kann ich gut gebrauchen.

Ich bin Mitte vierzig und ich will noch mal neu anfangen.

Was ist neu?

Neu ist, dass ich viel Zeit zum Nachdenken habe.

Meistens schaue ich Pornos.

3

Der letzte Job war ein Projektvertrag als Marketingberater bei der E-Kommerz-Firma DeepSleep.

Sie verkaufen Matratzen übers Internet. Das Geschäft läuft mäßig. Ich entwickle die Idee einer App, mit der man sein Schlafprofil visuell sichtbar machen kann: Über ein Armband mit Sensoren zeichnet die App die Schlafbewegungen auf und verwandelt sie in ein grafisches Selfie. Dann lädst du auf der Online-Plattform von DeepSleep oder auf Facebook Leute ein, ihr Schlafprofil mit dir zu teilen. Ziel ist es herauszufinden, wer schlaftechnisch zu dir passt und welche Matratze die richtige ist. Es ist wie Tinder, nur dass die Matratze gleich mitkommt.

Ich habe nie getindert.

Die App heißt SharedSleep.

SharedSleep wird eine große Sache, weil die Leute keine Produkte mehr kaufen, sondern Gefühle. Die Leute haben das Gefühl, was über sich zu erfahren. Die Leute sind ganz verrückt darauf, was über sich zu erfahren. Wer bin ich, was bin ich, wo gehöre ich dazu? Die meisten Leute glauben, dass tief in ihnen ein Prinz oder eine Prinzessin versteckt ist. Sie müssen nur tief genug graben, dann finden sie ihr wahres ICH, und alles wird wunderbar. Es gibt kein wahres ICH, und nichts wird wunderbar. Aber wenn du statt einer Sache eine Sehnsucht verkaufst, kannst du ewig weitermachen. Sehnsucht haben die Leute immer.

Drei Monate später wird DeepSleep von HoperInvest / London aufgekauft. Hoper pfeift auf Marke. Die glauben an Affiliate und Performance. Matratzen passen in ihr Portfolio – schlafen müssen die Leute immer, und immer mehr Leute schlafen immer schlechter. Das ist statistisch belegt. Das ist ein Riesenmarkt.

Obwohl zwei deutsche ehemalige McKinsey-Berater die Investmentfirma führen und in London nur ein Briefkasten hängt, wird Englisch bei DeepSleep zur Umgangssprache.

»Das ist keine Entscheidung gegen Sie persönlich«, erklärt mir der von den Investoren engagierte Personalberater, »aber für einen Berater in einer globalisierten Welt ist Ihr Englisch leider nicht gut genug!«

Ich höre die Klospülung rauschen, mit der sie mich hinunterspülen.

Ich bin kein Berater mehr.

Ich bin Globalisierungsopfer.

Es gibt immer irgendwo eine Schwelle. Der eine nimmt sie nicht mal wahr, dem anderen bricht sie das Genick: Englisch.

Ich versuche verzweifelt, ein paar neue Jobs an Land zu ziehen. Aber die Leute hören die Panik in meiner Stimme. Das ist wie Aasgeruch. Da will keiner ran.

4

Ich parke meinen Range Rover nur noch auf offiziell ausgewiesenen Parkplätzen. Ich kann mir keine Tickets mehr leisten. Ich nehme meinen Laptop und setze mich in Cafés mit gutem, offenem Netz. Ich halte mich ein paar Stunden an einem Kaffee fest. Nicht, dass mir das Wasser finanziell schon bis zum Hals steht. Es gibt noch Reserven. Aber wenn kein Wunder passiert, wird das Wasser langsam, aber unaufhaltsam steigen. Ich habe nicht den Mut, mich schnell selbst zu ertränken. Mut ist eher was, was ich von anderen erwarte.

Meist lese ich quer durch Wikipedia – von Bismarck, die Schlachten Friedrich II., Antike, Germanen, Kulte und Sekten. Osho, Charles Manson, Hubbel, die hatten es auf ihre Art schon drauf. Sektenführer ist das ultimative Marketing – du hast nichts, du bekommst alles; die Kohle, die Hingabe, die Loyalität, die Töchter.

Ich trage einen Dreitagebart und die obersten drei Knöpfe meines Hemdes offen. Neben meinem Rechner liegt immer die Sonnenbrille. Ich könnte ein Produzent sein. Bevor es peinlich wird, wechsle ich das Café. Regelmäßig an einem bestimmten Ort aufzutauchen und beschäftigt zu tun erzeugt das Gefühl sozialer Dazugehörigkeit. Ich mag Leute nicht, aber ohne kann ich auch nicht. Wir sind nun mal als soziale Wesen programmiert. Selbst zum Asozial-Sein brauchen wir andere.

Ich gehe zum Auto, will das Viertel wechseln. Bin gerade am Ausparken, da steht plötzlich ein Kerl vor der Motorhaube, starrt mich an. Sieht aus wie aus einem Film von Spielberg oder ein Zombie von *Walking Dead*; dürr, sehnig, stechende, tief liegende Augen. Ich drücke einmal kurz auf die Hupe. Der Kerl zuckt nicht, beginnt stattdessen zu schreien. Ich lass den Motor kurz aufheulen, um ihn zu verscheuchen. Der Kerl rührt sich nicht. Die Welt ist voller Verrückter. Aber wenn er einen Abgang machen will, dann soll er sich einen Zug suchen und mir nicht im Weg stehen. Wenn ihm das mit dem Zug zu viel Arbeit ist, tut es auch die Straßenbahn.

Gut, er will es nicht anders. Dann eben auf die Fresse. Ich lass den Motor laufen, steige aus. Ich bin auf 180.

Der Kerl schreit meinen Namen: Frederic Baecker!

Er schreit, dass er mich schon seit Langem suche, dass er nur ein paar Minuten meiner Zeit wolle.

Er schreit, dass er den Vortrag gehört habe.

Er schreit, dass er den Vortrag verstanden habe. Das Wort »Vortrag« raunt er, als sei es ein Geheimnis zwischen uns.

Er schreit gar nicht.

Er hat die ganze Zeit nicht geschrien.

Ich schreie.

Ich schreie, dass er sich von meinem verdammten Wagen verpissen solle.

Das ist mir jetzt unangenehm. Ich höre auf zu schreien.

Bitte was?

5

Warum nicht mit Verrückten reden? Das sind sowieso immer die interessanteren Gespräche – garantiert kein Schwachsinn über Urlaubspläne, doofe Kollegen oder Beziehungsprobleme. Außerdem ist es eine Weile her, dass jemand um ein paar Minuten meiner Zeit gebeten hat. Das letzte Mal war es ein Marktforscher am Telefon. Das jetzt ist was anderes.

Der Kerl heißt Stefan Meester. Er ist vielleicht Mitte dreißig – wenn man genau hinschaut. Oberflächlich betrachtet sieht er älter aus – dünne blonde Haare, tiefe Falten um die Augen. Trägt ein kariertes Hemd und Jeans, dazu Arbeitsschuhe.

Stefan Meester hat den Vortrag gehört, den ich im Auftrag von DeepSleep auf einer Tech-Konferenz gehalten habe:

Du willst Matratzen verkaufen. Du sagst allen, wie gut deine Matratzen sind, wie gut sie den Rücken stützen, wie gut sie für die Wirbelsäule sind – wie gut du auf ihnen schläfst und wie ausgeruht du am nächsten Tag deshalb sein wirst.

Die Leute hören dir zu, sie vergleichen die Preise. Sie haben von einer Matratze nichts anderes erwartet als das, was du ihnen erzählst. Deshalb reden wir nicht über Matratzen – wir reden über SharedSleep. Wir reden über unsere Vision, Menschen zu helfen, einen Partner zu finden, mit dem sie ihren Schlaf teilen können: IM SCHLAF NICHT MEHR EINSAM SEIN! Angst vor Einsamkeit – das ist der große gesellschaftliche Resonanzraum dahinter. Das schwingt mit. Im Vordergrund: Die Umstellung vom WAS aufs WARUM: Menschen kaufen nicht, was du machst. Menschen kaufen, WARUM du es machst.

Ich stehe auf der Bühne, trage Marketinglyrik vor. Meester steht hinten im Halbdunkel des Saals. Er arbeitet für den Caterer, der die Konferenz mit einem veganen Buffet versorgt. Er zündet den Spirituskocher unterm Suppentopf an und rührt einen großen Klumpen Speckfett in die vegane Pastinaken-Brokkoli-Suppe, hört zu, was ich vorn auf der Bühne erzähle. Meester verpasst es, mich nach dem Vortrag zu treffen, weil er nicht von der Suppe wegkommt – das Speckfett.

Die Leute wollen im Kopf vegan, meint Meester grinsend, aber ihre Seelen schmecken den Speck und wollen mehr. Mir gefällt der Gedanke mit der kontaminierten Suppe. Ich habe nichts davon gegessen. Ich bin nach meinem Vortrag gleich weg. Zu viele junge Leute.

Meester sucht mich seitdem. Er hat bei DeepSleep angerufen, aber die haben ihm keine Auskunft gegeben. Meester weiß, dass die Zeit von jemandem wie mir kostbar ist.

Was er will, frage ich ihn.

Er will von mir beraten werden.

Meester hat einen Imbisswagen und verkauft handwerklich gefertigte Würste auf Wochenmärkten. Meester will, dass ich ihm eine Vision für die Wurst finde.

Eine Vision für Wurst? Ich muss lachen.

Wurst ist so was von gestern.

Wurst ist SPD-Stadtteilfeste, Bierbäuche, Hartz IV und Holzkohlegrill auf dem Balkon.

Meester macht sich gerade, fixiert mich übern Tisch. Sein ganzer Wahnsinn sprudelt aus ihm raus: Das Land ist verpestet von Lügenwürsten, billigem Fleisch, Hormonen, synthetischen Enzymen, Bindemitteln aus Weizen, Schlachtabfällen, Antibiotika und naturidentischen Aromen. Alles kein Zufall. Die Konzerne nehmen dem Volk die Kraft, machen es mit Vorsatz dick statt stark. Sie trennen die Wurst von Leben und Sterben, wecken die Illusion, Fleisch wüchse ohne Geschichte an Bäumen oder käme mit lachendem Bärchengesicht aus hellen, freundlichen Fabriken.

Wer den Tod besitzt, raunt Meester, kontrolliert das Leben.

Reine deutsche Wurst, sagt Meester, ist Rettung für das Land, ist Seelennahrung, ist Heimat zum Essen, ist Zuhause. Einer muss dafür kämpfen – Meester.

Die erste Wiener, sagt Meester, die erste Scheibe Jagdwurst von der Fleischerfrau rübergereicht – die vergisst du nie mehr. Gibt es nicht mehr.

Jagdwurst?

Die Fleischerfrau.

Ich rühre meinen Kaffee.

Du hast doch jede Menge Warums für deine Wurst, sage ich, einmal bis Stalingrad und zurück, quasi.

Meester knetet seine Hände.

Er kann Wurst machen, gibt er zu, er kann sie nicht verkaufen.

Gesellschaftlicher Resonanzraum, sagt er. Er will wissen, wo der liegt.

Unten drunter, sage ich, eine Handbreit unterm Nabel, im Bereich der nicht beweispflichtigen Wahrheiten – das neue iPhone ist besser als das alte, Ausländer sind kriminell, früher war alles besser.

Meester versteht.

Und der gesellschaftliche Resonanzraum für die Wurst?

Ich schaue Meester ins Gesicht; diese klaren, stechenden Augen. Fast so, als könne er Gedanken lesen.

Weiß ich nicht, antworte ich. Gibt's vielleicht gar nicht mehr.

Und wenn doch? Was würde es kosten, wenn ich seine Würste so erfolgreich mache, wie ich die Matratzen erfolgreich gemacht habe?

Am Ende einen Tritt in den Arsch, denke ich.

Ich frage: Was hast du zu bieten?

Ich habe einen Imbisswagen, sagt der Verrückte, eine Werkstatt am alten Speicher. Ich mach die Wurst, du machst den Erfolg – Partner, halbe-halbe!

Der Verrückte streckt mir die Hand hin.

Ich nehme sie nicht. Es will gut überlegt sein, einem Verrückten die Hand zu geben.

Ich habe das schon mal gemacht. Ist Jahre her. Der Verrückte von damals hieß Alexander. Andererseits: Mit Wurst ist schon mancher reich geworden – Hoeneß, Konnopke, Tönnies. Momentan droht mir eher Altersarmut.

Ich verspreche, darüber nachzudenken.

Meester bezahlt den Kaffee.

6

Vor Jahren beriet ich Walhalla, eine Kette von Bestattungsinstituten für Männer. Es geht um eine positive Sicht auf den Tod, das Unvermeidliche. Meine Antwort heißt: *Gehen in Liebe*. Das klingt fast schon wie Weihachten, oder? Da springt doch die Freude mit in die Kiste. *Gehen in Liebe* wird ein großer kommunikativer Erfolg. Die Leute wollen immer das, was sie nicht haben.

Scheiß Leben. Schöner Tod.

Jedenfalls lerne ich dabei die fünf Phasen des Sterbens kennen. Die erste Phase ist das Nicht-wahrhaben-Wollen, dann Zorn und Ärger, danach Verhandeln, die Depressive Phase, dann die Zustimmung.

Es braucht ein Maß an Erfahrung, um zu begreifen, dass das ganze Leben nicht mehr als ein langes Sterben ist – du machst den ersten Atemzug, und du beginnst zu sterben. So sieht es aus. Natürlich willst du es am Anfang nicht wahrhaben, glaubst, das trifft für dich nicht zu, du bist anders als die anderen, in dir wohnt der Keim der Unsterblichkeit, du bist aus Sternenstaub gemacht. Lüge. Du bist aus Lehm wie alle anderen auch. Dann merkst du langsam, wie der Hase läuft, dass freier Wille auch nur eine Verkaufsstrategie ist, dass die Freiheit, die das Leben für dich vorgesehen hat, die Freiheit des Konsums ist, und wenn dir die nötigen Zahlungsmittel fehlen, um vorn mitzukonsumieren, dann hast du eben Pech. Du versuchst zu verhandeln – vor allem mit dir selbst: ist schon okay, so wie du bist; gibt viele, denen es schlechter geht. Du glaubst dir nicht. Phase vier: Depression ist der natürliche Zustand unserer Gesellschaft. Die Arztpraxen sind voll, die Entzugskliniken überlastet, die Dealer machen Überstunden. Wenn du so weit bist einzusehen, dass dies dein Leben ist, dann bist du bereit für die große Akzeptanz: fertig machen für den Abgang.

Die große Lüge ist, Leben und Sterben zu trennen, Erwartungen zu wecken und sie mit Illusionen zu bezahlen: Gib dir mehr Mühe, steh wieder auf, glaub an dich, gib dir noch mehr Mühe, entfalte dein Potenzial!

Der Verrückte hat recht. Es gibt kein Leben, das nicht Sterben ist. Und wenn er damit recht hat, dann hat er auch mit der Wurst recht. Die Tofu-Fresser, die Vegan-Gläubigen hoffen doch, dem großen Abgang ein Schnippchen schlagen zu können. Ich weiß das. Ich bin selbst einer.

Du denkst, das kann es doch nicht gewesen sein, du willst noch mal was erreichen. Das Zauberwort heißt Selbstoptimierung. Du fängst an, Sport zu machen, stellst deine Ernährung um. Trinkst drei Liter Wasser am Tag, schluckst deinen Chia-Schleim, glaubst an grüne Smoothies. Dir geht trotzdem die Luft aus. Und wenn sie dir nicht ausgeht, dann kommt jemand und lässt sie dir aus: *Für eine globalisierte Welt ist Ihr Englisch nicht gut genug!* Ist es das nicht, finden sie was anderes. Du wirst alt – trotz Fleischverzicht und Rohkostshakes. Die Psychologie des Vorwärts wird von der Biologie des Abwärts eingeholt. Du schaust in den Spiegel, und du begreifst: alles Lüge.

Du wirst gar nichts mehr erreichen.

So oder so: Am Ende bist du tot.

Der Verrückte will wissen, wo der gesellschaftliche Resonanzraum der Wurst liegt.

Ich weiß es nicht.

Arbeitsthese: Er liegt im Abseits.

7

Alles geht dir auf die Nerven, wenn du nichts von der Welt wissen willst; alles ist zu laut, zu voll, zu stillos, zu dumm. Aber sobald du den Schalter umlegst, was vom Leben wissen willst, siehst du überall wieder Zeichen: ein Kind mit einem Wurstbrot, einen Currywurststand, eine Dönerbude, Grill-Walker und China-Imbiss. Alles mampft, alles stopft in sich rein, alles schleppt Flasche und Becher mit sich, als würden im nächsten Augenblick alle Brunnen versiegen, alle Leitungen brechen, das Grundwasser absacken. Und wenn du dann noch genauer hinschaust, dann sind alle Plakate voll mit Werbungen für Kochshows; der Bus, der an dir vorbeifährt, präsentiert das neues Kochbuch von Jamie Oliver; Millionen von Foodporn-Bildern sind auf dem Weg in die digitalen Netze; das Kilo frisches Nackensteak für 1,90 Euro. Der Deal des Tages: zwei Burger deiner Wahl für zwei Euro bei McDonald's.

Das ist das Grundprinzip: Willst du was, erhaschen sie einen Zipfel deiner Aufmerksamkeit, dann scheißen sie dich zu. Und Fleisch ist auf den Hund gekommen.

Irgendwas läuft da schief.

Ich nehme den Rover und fahre nach Kreuzberg. Der Stadtbezirk stand mal für alternative Lebensformen. Jetzt steht er für alternative Ernährungskonzepte: Grüner Smoothie statt Rotfront.

Australier, die vor wenigen Jahren noch braunes Aufgusswasser aus riesigen Thermoskannen als Kaffee tranken, betreiben eine Kaffeebar neben der anderen: Best Flat White in town! Amerikaner errichten auf ihren mentalen Indianerfriedhöfen vegane Restaurants in Serie. Die Vietnamesen haben mit Nudelsuppen und gebratenem Reis die Grundversorgung übernommen. Die letzte Wurstbude, die ich erinnere, bietet jetzt mexikanisches

Street Food an. Dieses Land ist kulinarisch besetzt. Weiß nicht, ob du das so denken darfst. Ist aber so. Verlierst du deine Küche, verlierst du deine Identität.

Ich fahre, ich suche: Wurst findet nicht mehr statt.

Die Wurst der Gegenwart ist der Burger: Burgermeister, Spießburger, Neuburger, Weltburger, Kleinburger, Burgerzentrum, Burgergarten. Jeder Name ein Grund, sich totzulachen. Alle tragen die gleiche Individualistenuniform: Europalettenlook, Flohmarktdesign, ein Hauch Manufactum und an der Wand Sprüche, wie du sie sonst auf Facebook findest.

Irgendwo habe ich gelesen, dass die Ausstattungen aller Irish Pubs weltweit aus einer einzigen chinesischen Fabrik stammen, inklusive der auf alt gemachten Spiegel. Alle Burgerläden Berlins lassen in der Fabrik nebenan fertigen.

Egal. Oberflächlich sieht es aus, als könntest du an dieser Stelle die Flinte ins Korn werfen, aufgeben, die Straßenseite wechseln, wenn dir Meester noch mal begegnet.

Du denkst, es hat keinen Sinn.

Du denkst, du siehst ein Ende.

Aber mit etwas geistiger Flexibilität kannst du auch einen Anfang sehen. Das funktioniert wie bei der Population von Hasen und Füchsen. Gibt es viele Hasen, gibt es bald viele Füchse. Gibt es zu viele Füchse, gibt es nicht mehr genug Hasen, geht es auch mit den Füchsen wieder abwärts. Zurzeit guckt aus jedem Busch eine Fuchsschnauze.

Fuchs und Hase, Angebot und Nachfrage.

Zu viele Burgerläden, zu viel Konkurrenz. Nach der Euphorie kommt der Absturz. Die Preise sinken, die Qualität sinkt, der Coolness-Faktor geht verloren.

– Lass uns 'nen Burger essen gehen.

– Ach nee, keinen Bock mehr. Gibt es nicht was Neues?

Da öffnet sich der Himmel und der Markt, der alte Sack, streckt seinen Kopf heraus und sagt: Klar, es hat zwei Enden, und du kannst es in tausend Varianten haben: mit Rind, mit Schwein, mit Wild und Lamm, Single-Protein oder gemischt, mit Kräutern und Pilzen, mit Huhn und Ende, mit Trüffel und in Gold gewälzt, gegrillt, gebrüht, geräuchert, gebraten, gebacken, wenn du nur willst! Es heißt Wurst!

Es braucht ein wenig Fantasie.

Es braucht ein starkes WARUM.

Wurst: W wie Wut, wie Wollust, wie Wolke, wie Weltkrieg. U wie uuuuh, wie Urschrei, Ur, Uterus, R wie Rache, Rachen, dann Sex und Samuel, Samen, Samadhi. Zum Schluss: Tod, Trauer, Taumel, Transformation.

Wurst.

Ich finde sie dann noch. Im übertragenen Sinn: Sie spielt mit den Schmuddelkindern, hält sich in den Kellern versteckt, in den dunklen Ecken, in Imbissbuden, die noch wie Imbissbuden aussehen und nicht wie Tempel der Globalisierung; bei den Dicken, den Trinkern, den Abgehängten, den Aufgerauchten, Ausgebrannten, den Zukurzgekommenen und chronisch Insolventen.

Kurz formuliert: Die Wurst hat nichts zu verlieren außer ihren Ketten.

8

Lange bevor ich Frau und Haus loswurde, wurde ich meinen Erfolg los. Ich bin Teil der schönen neuen Digitalwelt zu Beginn des Millenniums. Nullen und Einsen tanzen, bilden emotionale Oberflächen, zeigen Gefühle. Mein damaliger Partner Alexander baut mit unserer Firma MixelPixel den ersten Avatar Deutschlands. Es ist ein Mädchen – meine Idee. Ich bin der Verkäufer, finde sie unglaublich sexy: Super, damit kannst du alles verkaufen, sage ich, weil, damit sieht alles gut aus!

Eben, sagt Alexander, wenn du alles verkaufen kannst, weiß keiner mehr, was er wirklich braucht.

Kurz danach hat er einen tödlichen Unfall. Es gibt viel Mitgefühl, eine ergreifende R.I.P.-Party und ein Buch mit seinen besten Arbeiten. Dann platzt die New-Economy-Blase 1.0. Aus dem wirtschaftlichen Absturz von MixelPixel mache ich eine kontrollierte Bruchlandung und starte meine Beraterkarriere. Ich bin der tragische Held des Rückzuges, habe einen Artikel in *Brand eins* und verkaufe fortan Beratungsleistung: gun to hire, Baby!

Bis der Markt genug von mir hat.

Der Markt, der alte Sack, ist ein Monster. Er frisst den neuesten Scheiß und kackt ihn hinten wieder aus. Er ist ständig und unablässig auf der Jagd nach dem Neuen, dem Unerwarteten, dem nächsten großen Ding. Er braucht es, um sich vital und potent zu fühlen. Er schickt Legionen von Journalisten, Marktforschern, Bloggern, Scouts, Influencern durch alle Zeitzonen und Regionen. Der Markt, der alte Sack, schnüffelt an mir, kennt den Geruch. Ich kann hampeln, wie ich will, er lässt mich links liegen. Ich bin ihm kein Pfützchen Speichel mehr wert. Der Markt sucht frisches Fleisch. Muss nicht neu sein, muss aber neu riechen. Wenn der alte Sack mal für einen Augenblick nicht weiß, was gerade der neueste Scheiß ist, dann kriegt er sofort die Krise: Wirtschaftskrise, Finanzkrise, Vertrauenskrise, Staatskrise.

Ich bin alter Scheiß.

Ich bin die Wirtschaftskrise.

Ich bin die Finanzkrise.

Die Vertrauenskrise bin ich sowieso.

Und dann kommt Meester mit der Wurst und spricht: Ich erkenne dich, du bist der Plan. Wurst – das ist der älteste Scheiß überhaupt; deutsche Tiere in deutsche Därme stopfen. Es ist der Geruch nach Blut und Scholle. Es ist der alte Heldengesang: die 300 gegen die Perser, Wotan gegen die Eis- und Feuerriesen, die Nibelungen gegen die Hunnen, der BVB gegen die Bayern. Ist das eine Geschichte, die jemand hören will? Jede Zeit hat ihre eigene Vision: Die Ehre der deutschen Wurst? Ach, scheiß auf Ehre! Den ganzen Arschlöchern noch mal zeigen, was ich draufhabe, mit was um die Ecke kommen, was niemand auf dem Schirm hat – das ist was.

Es gibt Leute, die glauben daran, dass die Erde eine Scheibe ist. Es gibt Leute, die sind davon überzeugt, dass wir von Echsenmenschen beherrscht werden. Es gibt Leute, die kaufen Apparate aus Draht und Kupfer, um die Elektrizität aus der Luft zu fischen. Es gibt Scientologen. Es gibt Homöopathen. Warum soll das mit der Wurst nicht klappen?

Die Außenseiter gegen das Establishment. Da ist doch klar, auf welcher Seite das Publikum steht.

Ich muss kichern. Ich habe an einem Rest Joint genuckelt, der noch im Aschenbecher unter dem Bett lag. Mann, bin ich breit: *Wenn einer eine Blume liebt, die's nur ein einziges Mal gibt auf all den Millionen Sternen*, schnick, schnack, schnuck.

Kleiner Prinz.

Wurst.

Ich ziehe am Joint, bis ich mir fast die Finger verbrenne: Wurst. Gibt es eine Wahrheit, gibt es auch einen Propheten, der sie verkündet!

9

Das macht den Unterschied zwischen einem Berater und einem guten Berater aus: Ein Berater tut so.

Ein guter Berater ist es.

Wenn du eine Schnapsmarke berätst, trinkst du. Wenn du ein Bestattungsinstitut berätst, stirbst du. Wenn du eine Automarke berätst, liebst du den Geruch von verbranntem Gummi und Öl. Wenn du den Auftrag für eine Sportartikelfirma annimmst, läufst du Marathon. Wenn du nachdenkst, hast du schon verloren. Du musst springen, eintauchen, hoffen, dass die Luft reicht. Du musst wissen und erfahren, wie es dreht im Kopf, wie es brennt in den Lungen, wie der Asphalt schmeckt.

Ohne geht nicht.

Du musst Wurst sein, nicht nur essen:

Der Morgen ist frisch und klar, die Sau nervös. Irgendwas stimmt nicht. Ihre blassblauen Augen unter den blonden Wimpern huschen hin und her, sie grunzt und quiekt vor Angst, will nicht vorwärts, ihr Rüssel zuckt und schnüffelt nach der Gefahr. Komm, meine Gute, komm, sagt der Mann, der sie aus dem Stall führt, ist gleich vorbei, meine Dicke. Er tätschelt den Schädel der Sau mit der Hand, beruhigt sie, so gut er kann. In der anderen Hand hält er die Axt. Als die Sau den Kopf nach dem Apfel beugt, den er ihr hingeworfen hat, fasst er die Axt mit beiden Händen und schlägt dem Tier mit einem geübten Schwung die stumpfe Seite der Axt gegen den Vorderschädel. Die Sau fällt wie vom Schlag getroffen auf die Seite, nur ihre Hinterbeine zucken.

Der Mann reicht die Axt der hinter ihm stehenden Frau, während er das Messer aus der Lederscheide an seinem Schenkel zieht. Mit einem kräftigen Schnitt des blanken Stahls trennt er Luft-, Speiseröhre und die großen Blutgefäße bis zur Nackenwirbelsäule durch.

Das herausschießende Blut fängt die Frau in einem Bottich auf, beginnt sofort zu rühren. Der Geruch des heißen Blutes füllt den Morgen. Der Mann hat derweilen begonnen, das Schwein mit heißem Wasser abzubrühen, das in der Ecke in einem Kessel dampft. Er muss aufpassen, denn immer wieder zucken die Läufe des Tieres, als versuchten sie, noch im Tod ihrem Ende zu entkommen.

Nachdem der Körper weitgehend ausgeblutet ist, hilft die Frau dem Mann, das Schwein mit der alten Schaberglocke zu enthaaren. Als diese Arbeit getan ist, treibt der Mann zwei Fleischerhaken durch die Hinterbeine der Sau, unter den Sehnen hindurch. Gemeinsam schwitzend und lachend, schaffen die Frau und der Mann es, die Sau mit dem Kopf nach unten an die Wand zu hängen.

Der Mann trinkt eine Kelle Blut aus dem Bottich, in den die Frau schon Majoran und Salz getan hat. Es ist köstlich.

Der Mann nimmt das Messer und schneidet mit einer schnellen Bewegung den Bauch der Sau vom After bis zum Brustbein auf. Perlmuttfarben glänzen Gedärm und Eingeweide.

Schöne Sau, sagt der Mann und steckt das Messer zurück in die Lederscheide.

Die blonde, dralle Frau lacht und wischt dem Mann einen Tropfen Blut aus dem Mundwinkel: sieht aus wie ein kleines umgekehrtes Jesulein.

So schön stirbt ein Schwein.

Wie sterben hunderttausend Schweine?

Wir alle sind einmal Bauern gewesen.

Du musst dich nur erinnern.

Ich schrecke aus dem Schlaf. Draußen vor der Tür ist was. Ich bin mir nicht sicher. Es ist mehr ein Gefühl, der siebte Sinn, der anspringt. Seit ein paar Tagen schon sind alle meine Sinne wiedererwacht. Sehen, Spüren, Riechen, Hören – alles ist schärfer, genauer. Ich höre die Fliege an der Decke entlanglaufen, ich rieche angebratene Zwiebeln aus einem Fenster drei Häuser weiter vorn. Ein Wassertropfen fällt aus dem Hahn in der Küche und zerplatzt auf dem Stahl des Spülbeckens. Das ist der Lohn der Anspannung, der Wachsamkeit des Jägers, der gefühlten Wiedergeburt – Interesse an der Welt.

Wenn Neugeborene keinen Körperkontakt bekommen, verhungern und sterben sie: Das Phänomen heißt Hauthunger.

Wenn Erwachsene keine Aufgabe bekommen, verfallen und sterben sie: Sinnhunger.

Ich gehe zur Tür. Niemand da. Am Türknauf hängt ein Beutel. Drinnen liegen, in Wachspapier eingeschlagen, sechs Würste – und ein Zettel: 2 × Wildwurst, 2 × Käsekrainer, 2 × Kräuterbratwurst / Sattelschwein.

Es ist kein Frühstück, was mir Meester da gebracht hat. Ich habe ja nicht mal eine Pfanne.

Es ist mein Auftrag.

Ich lege die Würste in den leeren Kühlschrank.

Die Frage lautet: Woher hat der Verrückte meine Adresse?

10

Wenn du im Sitzen denkst, kriegst du nur Kopfgedanken. Damit kannst du andere Sitzdenker beeindrucken. Wenn du Gedanken haben willst, die was bewegen, musst du dich bewegen.

Ich gehe, rieche, sehe, höre, denke. Ich spüre die Straße wieder. Ich sehe Menschen, nicht nur Schemen, Hindernisse, Gegner, Feinde, Ignoranten, Menge, die mich in die Ecke drücken will. Ich sehe mögliche Zielgruppen. Ich suche sie.

Ich sehe den DHL-Boten, der mit einem Turm von Paketen in einem Hauseingang verschwindet. Prekäre Beschäftigung, mit seinem durchtrainierten Arsch auf den großen Entsafter des Turbokapitalismus gesetzt. Er scheint sich darauf wohlzufühlen. Vielleicht verkauft er nebenbei Dope und kommt so rum im Viertel.

Die rumänischen Bettler haben an Stil zugelegt. Seit niemand mehr Angst hat, sich sofort an ihrem Elend anzustecken, kommen sie mit ihren Tricks wieder näher an die Leute.

Die neutürkischen Mädchen mit Sichelmond am Hals tragen ihre Burberry-Kopftuchkopien so lässig, dass dem Propheten ein Harter wachsen müsste. Er hat's ja mit kleinen Mädchen gehabt.

Ich laufe zwei Mädchen hinterher, sie sind vielleicht Anfang zwanzig. Die beiden Mädchen sind wie Wurst: einfach und zum baldigen Verzehr bestimmt. Ich folge ihren unternehmungslustigen Ärschen; der graue Stoff ihrer Schlauchkleider ist direkt über die Haut gespannt, damit keine Wölbung des Fleischs verloren geht; alles nach Vorschrift bedeckt, alles ausgestellt zum Bestaunen.

Weiter die Straße runter, den Kopf voll mit Beobachtungen wie diesen eben, und du verstehst den politischen Islam. Er ist die pure Angst vor der Bedeutungslosigkeit; aufgesogen zu werden von diesem großen Mahlstrom aus unzähligen Digitalmäulern, der heilige Schoß des Volkes zu Wixvorlagen verarbeitet, tausend Jahre Erhabenheit ein Zucken auf der Timeline. Dagegen rebelliert der reine Geist und kontert mit gemeinschaftlichen Steinigungen im Sonnenaufgang und schnell geschnittenen Enthauptungs-Clips; einer muss die Fahne ja hochhalten.

Andererseits: Wir haben alle Probleme.

Wurst ist das Gegenteil der Zukunft, wie ich sie kannte. Wurst ist der totale Paradigmenwechsel: statt Visionen in virtuellen Räumen Fleisch im Darm. Der neueste Auftrieb der Freiheit, angeführt von Google, Apple, Tesla und Co., ist das autonome Fahren. Das Wort ist eine Lüge. Es geht um heteronomes Fahren – die totale Fremdbestimmung; dir wird das Lenkrad aus der Hand genommen. Ohne groß nachzudenken, kann ich nur sagen: Nein, danke. Freiheit ist die Freiheit der Selbstlenkenden, ihr Pussys!

Alte Zukunft ist One World, ist html, ist 0 und 1, ist Charta, UNO, ein gerechtes System für alle, Welt retten und die neue Ethno-Kollektion von H&M. Alte Zukunft ist das, womit ich aufgewachsen bin, woran ich zu glauben geglaubt habe – fallende Mauern, Ende der Geschichte, Auflösung der Grenzen, Schutz der Polkappen und Unity in Love. Genau diese verfickte Zukunft hat mich seit Jahren langsam ausgeblendet, mich in der Internetblase 1.0 platzen lassen, mich danach nicht mehr gewollt, zur Resteverwertung abgeschoben:

– *Siehst du den Typen da drüben? War mal der Chef von Mixel-Pixel, großer Internetladen in der Blase 1.0.*
– *Was macht der jetzt?*
– *Freier Marketing-Berater.*
– *Oh Scheiße.*

Leck mich am Arsch, alte Zukunft.

Die Menschen überall wollen nicht sein wie die Menschen überall, das hat schon meine Großmutter gewusst. Vor allem wollen sie noch mitmachen dürfen, auch wenn sie Ende vierzig sind und keinen super Exit hingelegt haben.

Zeit, die Zukunft zu wechseln. Plötzlich bin ich auf der Seite der Wurst: Die neue Zukunft hat nichts dagegen, alt auszusehen. Sie eröffnet Barbershops und trägt Hosenträger. Sie kommt aus handwerklichen Betrieben, Manufakturen, aus alter Väter Sitte, sieht gebraucht aus, benutzt alte Rezepte, alte Europaletten, zerkratzte Tabletts; zieht Grenzen nach Landschaften, Regionen und Geschmacksrichtungen, Weißwurstäquator, die Roggenlinie; will nicht eine Weltsprache sprechen, sondern liebt Dialekte, ist gegen jedes System, das aus Heimat Marktregionen macht, will es klein und verwinkelt, will es mit Rissen, Sprüngen im Lack und einem gefalteten Bierdeckel unter dem wackelnden Tischbein. Deshalb gehen die Burger-Läden plötzlich so durch die Decke: Sie haben das alles. Sie sind die Antithese zu Burger King und McDonald's, sie sind das Gegenteil vom Big-Mac-Index.

Das ist meine Zukunft.

– Tofu, das ist ein globalisiertes Ernährungskonzept. Der endgültige Sieg der Fortpflanzung über den Sex. Ein Sieg der Vernunft.

– Wurst ist archaisch, ist die Verbindung von Leben und Sterben; ist die Beute im eigenen Darm verpackt, ist Fleisch, Blut, Schlachtfest und Völlerei. Wurst ist gelebter Instinkt.

– Ein Tofu-Bratling, eine Aloe-vera-Ingwer-Limonade!

– Eine Wurst, ein Bier!

Ich bin bereit, die Sache anzupacken.

Ich muss nur noch den richtigen Henkel finden.

Auf dem Weg nach Hause kaufe ich bei Kaufland eine Pfanne, eine Packung Pappteller, Besteck, Bratfett, ein Glas groben Bautzener Senf, Ketchup und BBQ-Soße.

Ich habe noch Würste im Kühlschrank.

11

Der Pornokonsum ist gewaltig, aber immer weniger Leute ficken. Glück ist ein Riesenthema, aber immer weniger Leute wissen, was das ist. Essen ist Ideologie, aber immer weniger Leute kochen.

Ich mache mich auf, Meester und seinen Wagen zu besuchen.

Es gab eine Zeit, da jubelte ich auf Geheiß meiner damaligen Frau jeder krummen Gurke zu, feierte jede Olive, die gerade noch in der Dose gelegen hatte, als wäre sie frisch vom griechischen Bäuerlein. Ich quetschte mich an Jutetaschen vorbei, aus denen Lauchstangen wie Spieße ragten, sprang im letzten Moment Fahrrädern aus dem Weg, weil gut gelaunte Muttis am Wochenende ihre SUVs in der Tiefgarage stehen ließen, um alternativen Lebensformen zu frönen. Ich stopfte ein Vermögen in Form von Crêpes in das Kind, bis ihm der alternative Nuss-Nugat-Aufstrich aus den Ohren quoll.

Jetzt also wieder: Samstag, kurz nach elf, der Markt ist voll wie ein Flüchtlingsboot. Alle sind beseelt vom protestantischen Gesundheitswahn in seiner Luxusausführung; regionale Erde fressen, Ziegenhaare im Käse, veganer Tee: Wir tun was! Dazwischen Flugmango und argentinischer Öko-Hokkaido; der ganze Markt ist Manufactum 3D.

Ich entdecke Meesters Wagen nach der zweiten Runde. Er steht neben dem Wagen von Massel-Falafel. Die Falafeljungs baggern jede Passantin an und treiben laute Scherze mit den Mädchen, verteilen Kostproben und machen Heiratsanträge an Frauen und Männer. Sie dürfen das. Sie sind Juden.

Meesters Wagen ist dagegen ein Loch in der Wahrnehmung, ein unscharfer Fleck in der sichtbaren Welt. Es gibt nicht mal ein

Namensschild; Meesters Wagen ist eindeutig der Wagen auf dem Markt, mit dem die anderen Wagen nicht spielen wollen, weil er doof ist und immer die ältesten Klamotten trägt.

Ich gucke mir die Leute an, die sich mürrisch eine Wurst übern Tresen reichen lassen. Es ist der Bodensatz des Marktes – die Plastiktütenfraktion, die Plauzenträger, die maulige Opposition zu den Tofufeministinnen. Als wäre die Marktsituation nicht klar genug, löst sich ein altes Trinkerpärchen aus dem Pulk der Besucher und steuert zielstrebig auf Meesters Wagen zu. Sie kaufen zwei Bratwürste, zählen das Geld sorgsam ab. Ich bin mir nicht sicher, ob zwischen ihnen und Meester ein Wort gewechselt wurde. Ist auch nicht nötig. Ich verstehe das Zeichen. Es ist genau die alte Wurstkundschaft, die keinen Zipfel mehr hochbekommt, Lidl-Fleisch kauft und in der U-Bahn darauf besteht, den Behindertenplatz zu bekommen. Solange die beiden am Tresen stehen, ist der Wagen für alle anderen Besucher kontaminiert. Das mag hart klingen, ist aber wahr. Essen ist Lifestyle. Die Frage ist doch nicht, wie es schmeckt. Die Frage ist, wie es auf Instagram aussieht!

Ich schaue eine Weile aus dem Verborgenen zu. Es ist bewundernswert, wie wenige Gesten Meester braucht, um allen Menschen klarzumachen, dass er sie verabscheut. Er steht gerade, mit verschränkten Armen, ein Wischtuch über der Schulter. So stelle ich mir Hagen von Tronje vor, wenn er mit Volker an Etzels Hof die Nachtwache hält. Hagen von Tronje ist mein Held; der Mann für die unerfreulichen Wahrheiten. Die meisten Wahrheiten sind unerfreulich. Hagen von Tronjes Haltung ist damit im Reinen: Morgen bin ich tot, aber ihr seid es auch!

Meesters Entschlossenheit zieht mich an. Entschlossenheit hat nie zu meinen Primärtugenden gehört. Ist für einen Berater auch eher hinderlich. Ein guter Berater ist wie Wasser: Er sickert durch.

Ich klopfe mit dem Knöchel dreimal gegen das Holz des Wagens, öffne die Tür, trete ein.

Meester ist nicht überrascht, fragt gleich, ob ich ein Bier will.

»Nein«, sage ich. »Ich will deine beste Wurst. Ich will wissen, was wir verkaufen.«

Das Knacken der dünnen Darmmembran füllt meinen Mundraum, gefolgt von einer Geschmackskaskade aus Kräutern, Gewürzen, Fleisch und Röstaromen, umhüllt von der Geschmeidigkeit des Fettes. Ich spüre, wie meine Backenzähne das zarte Brät zermalmen; Speichel schießt ein, der Schluckreflex lässt sich nicht länger verhindern. Gier und Genuss kämpfen miteinander. Ich öffne die Augen wieder, wische mir das Fett von den Lippen.

»Hammer«, sage ich und ich merke, wie mich ein kleiner euphorischer Schauer überfällt – da geht was.

Meester grinst zufrieden.

Die erste Wurst der Welt, erzählt er, haben die Assyrer gemacht – Blutwurst. Sie haben das Blut in die Därme der Tiere gefüllt und dann gekocht. Auf die Idee musst du erst mal kommen. Später haben sie das auch mit ihren Feinden gemacht.

Meester lacht. Es klingt wie Husten.

»Aber *Hammer* reicht nicht«, fahre ich fort. »Du musst ihn auch schwingen.«

Immer wenn du anfängst, jemanden zu beraten, berätst du zuerst dich selbst. Immer wenn du Lehrer bist, bist du zuerst Lernender. Mein Fehler: Nach der MixelPixel-Pleite habe ich den Hammer zwanzig Jahre nicht geschwungen. Ich habe von alten Hammerzeiten gezehrt. Kein Wunder, dass ich alt aussehe.

Meester schaut mich fragend an.

»Ja, ist lecker«, sage ich noch mal, um dann zum Stoß anzusetzen: »Aber das reicht nicht!«

Wo was von artgerechter Haltung steht, will ich wissen, von alten, langsam wachsenden Rassen; wo ich den Hinweis auf die eigenen Rezepte finde, die selbst gemachten Gewürze; das Handwerk; dass die Würste frisch sind; wenn hier wer vorbeigeht, woher weiß er das?

Meester meint, er würde es schmecken.

»Wie viele von denen, die in der letzten Stunde vorbeigekommen sind, haben es geschmeckt?«

Meester schaut auf seine Würste.

Es sind sieben.

»Und wie viele Leute sind vorbeigegangen?«

Meester starrt auf das Gewühl, das sich, wie von einer unsichtbaren Barriere abgehalten, am Wagen vorbeischiebt. Keine Antwort.

»Leute sehen und schmecken nur, was du ihnen sagst.«

Schweigen.

»Ich sehe einen ranzigen Imbisswagen und einen Mann darin, der so abweisend guckt, dass man nicht zweimal nach Senf fragen möchte. Ich sehe nichts von eigenen Rezepten, Bio-Fleisch aus der Region, dem ganzen Kram, der gerade so angesagt ist. Ich sehe jemanden, der gar nichts verkaufen will.«

Tieferes Schweigen.

Du könntest jetzt denken, da sind Hopfen und Malz verloren. Aber weit gefehlt! Der Berater weiß: Wenn einem Projekt das Wasser bis zum Hals steht, du aber auf den ersten Blick erkennst, dass du nur den Wasserhahn zudrehen musst, um das Schäfchen ins Trockene zu bringen, dann bist du der Held, der Mann mit der Lösung.

»Das ändern wir jetzt.«

Ich klopfe Meester auf die Schulter.

Zwei Stunden später hat sich noch keine Schlange vor dem Wagen gebildet, aber es gibt einen ständigen Zustrom von Kunden. Der Trick ist einfach: Ich finde einen alten Aufsteller unterm Tresen, gehe rüber zu den Falafeljungs, sage artig Schalom, frage nach Wasser, wasche die Tafeln sauber, gehe zurück in den Wagen, lass mir von Meester den Kreidestift geben, stelle den Aufsteller drei Meter vor dem Wagen in Laufrichtung auf und schreibe auf beide Seiten:

ALTERNATIVE: WURST
IN WURST VERITAS

Wenn alles Tofu und vegan ist, dann wird Wurst die Alternative. Menschen sind immer auf der Suche nach einer Alternative. Wenn die Mehrheit weiß, dass die Erde eine Kugel ist, beginnt eine Minderheit daran zu glauben, die Erde sei flach und ihr Rand würde von der CIA bewacht.

»Die neue Wurst ist kommunikativ«, sage ich. »Die neue Wurst ist kreativ.«

Eine junge Frau mit neugierigen Augen und blonden Zöpfen will wissen, in welcher Wurst die meiste Wahrheit stecke. Sie lacht, aber ihr Ton ist pampig, untergründig aggressiv. Sie trägt einen schwarzen Kapuzenpullover mit einem roten Aufdruck: stoermer oder so. Sie gefällt mir.

Ich schaue Meester fragend an.

»Die Wildwurst mit Waldkräutern. 100 Prozent Brandenburg. Wahrhaftig. Und wenn du die ganze Wahrheit willst – nimm zwei«, empfehle ich ihr. »Sind verdammt lecker.«

Sie lacht und zeigt dabei ihre weißen Zähne. »Endlich mal was ordentlich Deutsches zwischen dem ganzen veganen Ökomist!«

Sie nimmt zwei Würste.

Ich schau ihr nach, wie sie sich im Gewühl davonschlängelt, wie sie verschwindet wie ein Fisch im Wasser und nur einen Wirbel Wut zurücklässt.

Eine junge Frau!

Es gibt Hoffnung.
Ich bin schon immer ein guter Verkäufer gewesen.

Den Rest des Tages verkaufe ich Wildwürste, Käsekrainer, Geflügelwürste mit Hagebutten und Bärlauchbratwürste.

– Hier, sage ich, aus dem tiefen, dunklen Wald!

– Bärlauch, sage ich, scharf und gesund – unsere Antwort auf Rucola.

– Aus dem Fleisch wilder Schweine, sage ich, das ist mit jedem Bissen pure Energie!

Der Markttag geht gegen fünf zu Ende. Meester ist beeindruckt. Er meint, das sei der beste Tag seit Langem. Er kippt die Geldschublade, ohne zu zählen, in einen alten Lederbeutel. Das finde ich respektlos. Geld ist wichtig. Wenn das Geschäft erfolgreich werden soll, brauchen wir jede Menge davon. Schmeiß Geld auf eine Idee, und sie wird wachsen. Glaub an eine Idee ohne Geld, und du wirst der Einzige bleiben.

»Wie viel haben wir verdient?«

Meester weiß es nicht.

Sagt, es würde reichen.

»Wofür?«, will ich wissen.

Zum Leben, meint er.

»Reicht nicht«, erkläre ich. »Leben ist teuer. Wir kämpfen ab jetzt um jeden Kunden und um jeden Euro!«

Wir brauchen einen Namen.

Wir brauchen ein Logo.

Nein, wir brauchen kein Logo. Wir brauchen ein Feldzeichen, ein Banner, etwas, worunter wir unsere Truppen versammeln können.

Wir brauchen eine Bewegung.

Alternative: Wurst.

12

Ein paar Tage später sind meine Füße kalt, sind meine Hände kalt. Die weiß gekachelten Wände strahlen auch keine Wärme ab.

Die Maschine ist warm.

Ich nehme eine Hand voll Fleischstücke aus der Stahlwanne links von mir, drücke sie in den Stahltrichter über der Schnecke. Dann lege ich den Schalter um. Der Motor heult auf. Die Schnecke befördert das Fleisch hin zur rotierenden Messerscheibe, die es zerhackt und durch die Lochscheibe drückt. Wie aus einer Fleischdusche quellen die fein gezeichneten, roten Fleischwürstchen aus der Maschine. Sie scheinen noch einen Moment in der Luft zu stehen und plumpsen dann in die zweite Stahlwanne.

Ich schiebe mit dem Stopfer nach, fülle den gefräßigen Trichter mit Nachschub. Das Fleisch ist frisch. Ich stecke den Zeigefinger in den Fleischbrei und rühre darin herum. Es fühlt sich gut an – die Konsistenz, das Sickerblut, die Zellflüssigkeit.

Leben.

Das dunkle, fast schwarze Fleisch der ersten Wanne ist Wildschwein. Das intensiv rote Fleisch der zweiten Wanne ist Rind. Das helle Fleisch der dritten und vierten Wanne ist Hausschwein, genauer gesagt Sattelschwein, eine alte Rasse. Meester erklärt mir jedes Fleisch; wie die Tiere aufwachsen, welches Futter sie bekommen, wie sie geschlachtet werden, was den Unterschied zwischen einem altdeutschen Sattelschwein und einem Industrie-Turboschwein ausmacht – ein Unterschied wie zwischen Vollkorn und weißem Mehl. Es geht um Lebenskraft.

Es geht immer um Lebenskraft.

»Das Fett auch?«, frage ich.

Fett transportiert Geschmack, gibt Meester zur Antwort, Fett ist das natürliche Gleitmittel des Lebens.

Es ist gut, Meester in seinem natürlichen Biotop zu erleben. Es macht die Idee konkret. Ich brauch das auch, um wirklich zu verstehen, was geht.

Meester kennt jeden seiner Lieferanten persönlich, kennt die Höfe, die Tiere, die Bauern mit Namen und Geschichte. Die Gewürze kommen aus biodynamischen Kräutergärten ehemaliger Klöster, das Wasser für die Eiswürfel zum Abkühlen des Bräts läuft vorher über Quarzkristalle. An die Tür der Werkstatt hat Meester mit Blut Othala gemalt, die alte Schutzrune gegen Eindringlinge und Fremde.

Meester ist ein Verrückter, ein Nerd. Was er hier in seiner Werkstatt am alten Spreespeicher in Därme füllt, hat alchemistische Qualität. Etwas, was du Leuten mit leiser Stimme zuraunen kannst: Kristallwasser, Mondscheinschlachtung, du verstehst, zwinker, zwinker?

Es gibt zwei Wege, wie du heute noch was reißen kannst: Entweder du bist abgezockt genug, um den Leuten die gleiche Scheiße in anderer Verpackung zu verkaufen, oder du besitzt eine Wahrheit, die niemand anders hat. Und du hast jemanden, der diese Wahrheit lebt und verkündet:

– Die Welt ist eine Scheibe, ich war selbst am Rand, aber die CIA hat alle Fotos gelöscht!

– Du darfst den Ärzten nicht vertrauen! Die werden alle von der Pharmaindustrie bezahlt. Trink Löwenzahntee, und der Krebs wird sich wie von selbst auflösen. Bei mir war es auch so.

Wurst ist Wahrheit – hatte ich ja schon auf die Tafel geschrieben. Schon irre, wie du doch manchmal durch reine Intuition auf die richtige Spur kommst. Nachdem ich Fleisch gehäckselt, Brät in Därme gefüllt, die Maschine gesäubert und die Werkstatt mit geschrubbt habe, verstehe ich mehr davon. Weiß, was die Qualität ausmacht. Weiß, was Handwerk bedeutet. Und ich weiß, was noch fehlt.

Meine Schultern schmerzen, ich spüre noch das Vibrieren des Fleischwolfs in meinem Brustbein. Meine Handflächen sind rot und brennen von der ungewohnten Arbeit. Wenn ich die Luft einsauge, rieche ich Blut. Hämoglobin. Das riecht gut. Wir kommen alle mit Blutgeruch in der Nase auf diese Welt; entweder durch den engen Kanal oder mit einem Schnitt von fremden Händen ans Licht gerissen. Blutig ist es immer. Niemand plumpst aus einem Blütenkelch auf eine duftende grüne Wiese.

Hämoglobin.

Wir sitzen am Betonufer an der Spree und essen. Meester hat den kleinen Grill angezündet; ein Bratrost über eine Lücke in der Mauer, darunter ein Holzkohlefeuer mit ein paar Fichtenzapfen und Rosmarin.

Es gab mal eine Zeit, da habe ich versucht, Vegetarier zu sein, mich von Salat zu ernähren, täglich drei Liter Wasser zu trinken, meinen Schlafrhythmus und mein Bewegungsprofil zu synchronisieren. Ich wollte den Verfall aufhalten. Meinen Verfall. Verfall ist nicht aufzuhalten. Alles strebt dem Chaos zu.

Ich lasse das Aroma von Hagebuttenschrot und Thymian ganz langsam im Mund zergehen.

»Du hast mich nach dem Resonanzraum der Wurst gefragt«, sage ich zu Meester. »Ich habe ihn gefunden.«

Ich erzähle Meester, wie ich unterwegs war, mir das Essverhalten der Menschen angeschaut habe. Ich erzähle ihm von dem blonden deutschen Mädchen bei uns am Wurststand. Er erinnert sich auch. Ich sage, dass ich weiß, wo der Resonanzraum liegt: im Dunklen, im Blutigen. Um die Wurst wieder groß zu machen, braucht es eine Bewegung, die sie trägt – keine Angst vorm Tod, der Geruch nach Hämoglobin, Ursprünglichkeit; Wurst, die aus dem tiefen, dunklen Wald kommt, aus den Regionen Erzgebirge, Thüringen, Spessart, Schlesien, Riesengebirge, Alb, Schwarzwald usw. Dorther, wo die Hexe wohnt, die weiße Frau, bevor die Christen sie verbrennen. Es gibt wieder eine Sehnsucht nach

Identität, sage ich. Die Leute waren überall auf der Welt, jetzt wollen sie wieder nach Hause. Der Burger ist nicht der Feind der Wurst, er ist das Interim, um zurück zum Eigenen zu kommen.

Meester will wissen, was das Interim ist.

Die Zeit des Übergangs, erkläre ich, Zwergenzeit, bevor wieder Helden wachsen. Deutsch muss es sein, wenn es nicht im Kleinen stecken bleiben soll. Die Feigheit des Mainstreams und seine Angst vor der Dunkelheit – wären alle gern Lichtwesen, die Regenbögen furzen. Wir sind aber nicht aus Licht, wir sind aus Erde. Wenn du eine Bewegung gründen willst, brauchst du zuerst einen gemeinsamen Feind. Wir haben Feinde ohne Ende: Tofufresser, Veganer, Selbstoptimierer, Feiglinge und Verräter. Irgendwo in den Apokryphen steht: Wer zum Vater will, muss durch die Mutter. Das heißt: Du entkommst deiner Dunkelheit nicht. Wir sind die Alternative zum Tofu; wir sind die Alternative zum falschen Leben – in Wurst veritas.

»So könnte es gehen«, sage ich. »Aber einfach wird es nicht.«

Meester schaut mich an.

Er leuchtet.

Er hält mir die Hand hin: Partner!

Ich schlage ein.

13

Im Prozess des Lebens und Sterbens kommen Ärger und Wut ziemlich früh. Die Wut brennt die meisten Menschen aus. Danach sind sie nicht mehr in der Lage, sich über die Belanglosigkeit ihres Lebens zu empören. Sie maulen, sie meckern eine Weile rum. Das war's. Danach noch ein paar müde Versuche zu verhandeln, dann Depression, dann Deckel drauf. Ich bin Ende vierzig, und ich bin wütend. Ich werde mit jedem Tag wütender. Der Reaktor fährt langsam hoch. Je wütender ich werde, desto besser fühle ich mich. Ich kann nicht genau sagen warum, aber Wurst ist Wut. Wurst ist Energie. Das ist das Hämoglobin, das sind die Eiweißketten, die dich wieder fester mit dem ursprünglichen Dasein verbinden: Als ich ein Jäger war; als du ein Jäger warst; als wir uns jagten; als Sterben dazugehörte! Helden werden aus der Sehnsucht nach Tod gemacht.

Es gab eine Zeit, da glaubte ich wie alle daran, dass wir am Ende der Geschichte angekommen sind und dahinter die schöne neue Welt liegt – glatt und angenehm wie eine Apple-Oberfläche. Was für ein Irrtum. Dahinter liegen Flüchtlingsströme, durchgeknallte Diktatoren mit Gift- und Atomraketen, schmelzende Pole und lokale Kriegsherren, die Jungfrauen zum Frühstück essen, weil ihr Gott es so will; Internetarschlöcher, die der Welt ihr entseeltes Geschäftsmodell als Zukunft verkaufen und sich eine mittlere Volkswirtschaft am Wochenende durch die Nase ziehen. Die Zukunft? Wenn du dir keinen Zugang zu einer Gated Community hinter der Mauer auf den sieben Bergen kaufen kannst, wird es keine geben. Dann ist die Zukunft für dich ein Platz am Fließband einer Smartphone-Entsorgungsfabrik in Bautzen, weil die Chinesen diesen Job für die paar Kröten schon lange nicht mehr machen.

Aber statt Angst vor der konkreten Bedrohung zu haben, hat die Mehrheit Angst vor Gluten.

Es wird Zeit, mal wieder eine Wand mit Blut zu streichen. Alternative: Wurst – rot wie Blut, schwarz wie Wut, weiß wie unbekanntes Terrain.

»Rot, Schwarz, Weiß – du weißt schon, dass das eine gefährliche Kombination ist?«, fragt Barbara.

Barbara ist Art Direktorin. Ich treffe sie auf einen Kaffee in Charlottenburg, in der Schlüterstraße, in der Nähe der Werbeagentur, in der sie gerade arbeitet. Wir hatten mal fast ein Verhältnis miteinander. Ich brachte sie in den Job. Sie schuldet mir noch einen Gefallen. Sie soll den Imbisswagen gestalten.

Ich will wissen, was ihr Problem ist.

»Geht gar nicht«, sagt Barbara, »das kannst du nicht bringen.«

Sie beginnt sofort die Faschismuskeule zu schwingen – roter Grund, weiße Fläche, schwarze Balken, das verbietet sich von selbst, das wäre ja wohl eindeutig von den Nazis besetzt, das würde man auch nicht gedreht kriegen.

Ich seufze. Mich macht dieses blockierte Denken immer ganz fertig; immer erst mal die politisch korrekten Leitplanken einschlagen. Was dann noch in der Mitte übrig bleibt, darf gedacht werden! Als könnten Farben schuldig sein. Schwarz und Weiß, das waren schon die Farben des Heiligen Römischen Reiches; schwarz, weiß, rot waren die Flaggen aller Handelsschiffe und die Fahne des Norddeutschen Bundes. Ohne Schwarz, Weiß, Rot wäre die ganze kommunistische Propaganda nicht denkbar. Wenn was Links und Rechts gleichzeitig ist, was ist es dann?

»Keine Diskussion«, bestimme ich. »Das sind die Farben.«

»Deine Entscheidung.« Barbara zuckt mit den Achseln.

»Wir sind der Gegentrend«, erkläre ich.

»Wozu?«

»Zu allem.«

Barbara gibt auf. »Wie soll die Firma heißen?«

»Alternative: Wurst«, antworte ich. »Mit einem Doppelpunkt.«

Das habe ich mit Meester nicht abgestimmt. Es ist mein Job. Er fragt mich auch nicht bei seinen Rezepten. Wie ich darauf gekommen bin? Keine Ahnung. Es steht auf der Tafel vor dem Imbiss, und ich vertraue meiner Intuition.

»Mal ehrlich – du machst eine Wurstbude?«

»Ja und nein!«

Ich versuche, ihr zu erklären, dass ich vor ein paar Wochen einen Propheten getroffen habe. Auch die Wurst ist ein Reich Gottes. Sie sieht vielleicht eine Wurstbude, ich sehe ein neues Leben für mich!

»Abgefahren.« Barbara schaut mich verwundert an. »Und ich versuche, mich seit einiger Zeit vegan zu ernähren.«

»Hör auf damit!«, rate ich ihr. »Das ist eine Falle. Es tut deinem Körper nicht gut, tut deinem Geist nicht gut. Sie wollen, dass du ein Gänseblümchen wirst. Aber die Frauen hier bei uns im Norden Europas waren Kriegerinnen – von Anfang an.«

Barbara schaut mich erstaunt an, nickt.

»Der Name geht trotzdem nicht«, meint sie. »Alternative Doppelpunkt Wurst ist mehr eine Gattung als ein Name. Da fehlt was.«

»Was?«

»Das Determinierende, was es speziell macht.«

Ich überlege.

»Alternative Kommando Wurst! AKW!« Ich muss lachen.

Barbara lacht mit: »Ehrlich?«

»Unbedingt.«

»Alternative Kommando Wurst. Grundfarbe Rot, weißes Feld, schwarze Typo.« Barbara nickt und nestelt an ihrer Bluse. »Du siehst verändert aus. Du machst wieder Sport, oder?«

»Nein, ich esse Fleisch«, erkläre ich. »Solltest du auch tun. Ist eine super Alternative zu Tofu!«

Sie schaut auf ihre Notizen, drückt an ihrem Telefon rum, schaut abwägend.

Ich nehme ihre Hand in meine Hände, drücke sie zärtlich: »Ich brauche es in einer Woche. Ich brauche kein Werbergeschwalle! Ich brauche einen Imbisswagen, der auf einem Markt voller veganer Imbisse, Tofu- und Falafelbuden aussieht wie eins mitten in die Fresse.«

Barbara schüttelt den Kopf. »Warum?«

»Ich will mir Feinde machen.«

Barbara muss zurück an die Werkbank der Kommunikationsindustrie. »Ich ruf dich an, bevor ich was schicke, ja?«

»Ich freu mich drauf! Du bist eingeladen.«

Ich mache eine weltmännische Geste zu ihrem Kaffee hin.

Sie wirft mir einen Kuss über den Tisch und verschwindet, schon ganz erfüllt von der Aufgabe.

Barbara ist eine aus dem Millionenheer von Dienstleistern, deren Seelen im täglichen Kampf zu dünn geworden sind, um sich selbst Trost und Wärme zu spenden. Sie machen es für Geld, sie machen es fürs Ego, aber vor allem machen sie es für den kleinen Moment, wenn der Kunde sich über den Tisch beugt und sagt: Geht doch!

14

Barbara leistet ganze Arbeit. Sie sagt, ich solle niemandem sagen, dass sie es war. Auf roter Fläche, in weißem Quadrat drei schwarze Buchstaben: AKW. Das sieht nicht nach einem Kompromiss aus und wird sich auch großartig als Aufdruck auf einem Hemd machen – oder auf Armbinden.

Scherz.

Die Jungs von der Autofolien-Werkstatt, zu denen ich den Imbisswagen bringe, sind begeistert. Sie folieren sonst getunte A6, aufgemotzte Golf und alte S-Klassen.

Wir gehen um den Wagen herum.

Er ist mit leuchtend roter Folie beklebt. Auf der Rückfläche steht auf rotem Grund in weißem Feld: **Alternative Kommando Wurst**. Auf den Seitenflächen ist nur das Logo aufgebracht: **AKW**. Sehr sauber foliert, da gibt es nichts zu meckern. An der Vorderseite, unter der Ausgabeluke, ist noch mal der volle Schriftzug angebracht, über der Luke steht: **In Wurst veritas.**

Ab jetzt wird unser Wurstwagen von niemandem mehr übersehen werden.

»Krasser Scheiß!« Ed, der Chef des Ladens, quetscht mir die Hand mit seiner tätowierten Pranke. »Gern wieder.«

Ich gebe Ed eine Handvoll Gutscheine, die ich habe drucken lassen. Für jede gekaufte Wurst gibt es eine zum Probieren dazu.

»Komm mal mit den Jungs, ihr werdet die Würste lieben!«

Ed verspricht es.

Ich kupple den Wagen an den Dacia Duster, den ich für 4.500 Euro in bar in Oranienburg gekauft habe. Dafür habe ich mich von meinem Range Rover getrennt. Die Wurst fährt kein englisches Luxusauto. Der Abschied von Status und Besitz hat noch einen schönen Nebeneffekt; ich brenne die Brücke hinter mir ab. Ich will nie wieder freier Berater sein:

Wurst ist Wahrheit.

Vorsichtig fahre ich vom Hof. Ist nicht einfach. Ich kann meinen Blick kaum vom Rückspiegel nehmen. An der ersten Kreuzung hält ein 4er-Golf neben mir. Das Auto vibriert vom Druck der Bässe. Der Fahrer, ein Kerl von Mitte zwanzig, beugt sich durchs offene Beifahrerfenster und brüllt zu mir rüber: »Geilo, Alta!«

Ich nicke und gebe ihm einen Daumen hoch. Du kannst dir deine Zielgruppe nicht aussuchen. Sei froh, wenn du eine hast.

Ich sammele auf dem Weg durch die Stadt noch einen ganzen Sack voller gehobener Daumen, Huper und zum Siegeszeichen gespreizter Finger ein. Als ich auf den Hof vor dem Speicher fahre, habe ich das Gefühl, alles richtig gemacht zu haben; das Wurstkommando hat Freunde!

Ich kopple den Wagen ab, fahre nach Hause, dusche mich und werfe mir ein paar Würste in die Pfanne. Wenn du eine Marke aufbaust, egal ob in der Politik, Unterhaltung oder Gastronomie, ist Glaubwürdigkeit die wichtigste Währung.

Erstens: Keinen Zweifel an der Wurst.

Zweitens: Keinen Zweifel an der Wurst.

Drittens: Es gibt nichts Besseres, nicht Anderes, nur die Anderen. Ich googele einen Artikel von Prof. Hagen Hirschhauer von der Uni Ulm; er ist der Meinung, dass die Wurst ihre große Zeit erst noch vor sich habe – geeignet für die Eventgastronomie und in der Lage, sich jedem Trend anzupassen. Ich schreibe mir den Namen auf. Professorale Unterstützung ist in Deutschland immer ein Türöffner. Ich will noch weitermachen, bleibe dann aber auf einem Serienkiller-Portal hängen. Ich lese die Geschichte eines jungen Mannes, der Kalifornien durch Menschenopfer vor dem nächsten Erdbeben beschützen wollte. Er las den möglichen Zeitpunkt der kommenden Katastrophe aus den geöffneten Unterleibern seiner Opfer.

Er irrte sich.

Was wäre gewesen, wenn er recht gehabt hätte?

15

Ich habe versprochen, Meester von der Jagd abzuholen. Ich parke auf dem Seitenstreifen, an der Kreuzung der L20 Richtung Finowfurt, stelle den Motor ab, steige aus, gehe ein paar Schritte um den Wagen. Alle zwei, drei Wochen fährt Meester in die Schorfheide. In den Wäldern haben schon Göring und Honecker gejagt. Meester wildert in bester Tradition den Nachschub für die Wildwürste.

Wie jagt Meester? Hat er irgendwo eine Büchse versteckt? Geht er mit dem Schwert los? Beißt er seiner Beute die Kehle durch? Ich habe sein Gesicht gesehen, wenn er in rohes Fleisch greift.

Der Wald ist schon dunkel, die Luft riecht frisch, mit einem Unterton von Harz und Moos. Mich fröstelt. Ich drehe mich um, weil ich was spüre. Meester steht hinter mir. Er trägt einen Tarn-Overall. Sein Gesicht ist geschwärzt. Über der Schulter hängt eine Armbrust. Ein Hightech-Monster aus Stahl und Gewalt. An der Seite trägt er den Köcher, im Gürtel ein Messer. Seine Hände sind blutig.

Ich hebe die Arme: »Rambo! Was machst du hier?«

Er grient. Seine Zähne leuchten. Er zieht tief die Luft durch die Nase, fragt, ob ich die Wölfe riechen könne.

Ich rieche sie nicht.

Er sagt, dass sie mich riechen würden, dessen könne ich mir sicher sein. Er habe einen jungen Hirsch geschossen. Er sei ihm den ganzen Tag gefolgt. Sauberer Schuss ins Blatt, sagt er.

Wir packen die beiden blutigen Säcke, die Meester im Gebüsch abgelegt hat, in den Laderaum des Duster. Beim Zupacken glaube ich, noch einen Rest Wärme im rohen Fleisch zu spüren. Es tut mir leid, dass ich vom Moment seines Todes so wenig weiß. Ich hätte ihn gern sterben gesehen.

Es ist schon arg dunkel.
Wir fahren.

Im Licht der Innenraumlampe sieht Meester endgültig wie ein Waldgeist aus. Nicht nur seine Hände sind blutig, auch sein Mund. Die schwarzen Streifen in seinem Gesicht sind wie Tätowierungen.

Ich fürchte Meester nicht. Der Tod, den wir eines Tages sterben werden, wohnt in uns. Waldgeister sind weder gut noch böse. Sie sind einfach. Sie halten den Wald im Gleichgewicht. Vielleicht ist die Wurst unser Tod, ich weiß es nicht. Meine Großmutter sagte immer, dass der Tod im Darm wohne. So gesehen könnte sie recht haben. Wenn du zu lange in der Fremde warst, willst du irgendwann wieder nach Hause. Wenn zu viel Fremde in dir ist, willst du dich irgendwann wieder selbst spüren. Wir sind alle Lachse, die zum Laichen nach Hause wollen und dann im engen flachen Wasser unserer Kindheitsbäche sterben. Wurst ist Zuhause. Und gestorben werden muss. Daran gibt es keinen Zweifel.

Ich fahre auf die Autobahn und lasse den Motor dröhnen, was der Duster hergibt.

»Hast du Blut getrunken?«

Meester antwortet nicht. Er reibt sich mit seinen blutigen Händen die Brust und bittet mich, am nächsten Parkplatz noch mal kurz anzuhalten.

Ich fahre am nächsten Schild rechts raus. Niemand da außer uns und einem liegen gebliebenen, ausgeschlachteten Passat 3. Ich bin gespannt, was kommen wird.

Im Schein der Innenraumleuchte fischt Meester ein blutiges Päckchen aus seinem Overall. Wickelt ein glänzendes Stück Fleisch aus dem dunklen Leder. Es ist die Leber des Hirsches. Meester hält sie in der Linken, zieht mit der Rechten sein Entbeinmesser. Er schneidet einen Streifen ab, spießt ihn auf die Messerspitze und hält ihn mir hin.

Die Leber hat die Farbe einer offenen Möse.

Ich erschauere kurz, dann schnappe ich zu, beiß die rohe Leber von Meesters Messer. Ich habe erwartet, mich übergeben zu müssen. Stattdessen ist es lecker, eigenartig süß, schmeckt nach Eisen und Wildheit. Es ist der Geschmack des Todes und der Geschmack des Lebens.

Meester hat mich aufmerksam beobachtet.

Seine Augen leuchten.

Schmeckt?

Ich nicke.

Meester püriert sich die Leber immer mit zwei rohen Eiern, Tabasco, Pfeffer, Salz und frischem Thymian – pure Lebenskraft. Er bietet mir die halbe Leber an.

»Muss ich erst mal verdauen«, ich schüttle den Kopf. »Aber danke.«

Nach einer Stunde fahre ich den Duster im Schritttempo zum Speicher, schalte im richtigen Moment auf Fernlicht. Da steht er! Im Lichtkegel der Scheinwerfer sieht unser Wagen aus wie die Kommandozentrale einer zukünftigen Heimatarmee: Wurstkommando!

Meester ist sprachlos. Er starrt, reißt die Autotür auf, springt vom Beifahrersitz, um mit großen Schritten, fast hüpfend, rüber zum Wagen zu rennen. Er streicht über die Seitenflächen, läuft einmal drum rum und kommt zurück ins Scheinwerferlicht. Ich bin auch ausgestiegen, lehne an der Motorhaube, spiele mit dem Schraubendreher in meiner Tasche und genieße die Reaktion.

Plötzlich kniet Meester sich mit dem linken Knie in den Dreck, legt beide Hände auf den rechten Oberschenkel und beugt den Kopf vor mir.

Ich spüre ein Ziehen in der Brust, mein Mund wird trocken.

»Gern geschehen.« Ich kann mit zu viel Zustimmung nicht umgehen. »Lass uns den Hirsch ausladen.«

Meester macht es alleine. Kein Wort fällt, jeder Handgriff sitzt. Er macht das für mich. Ich verstehe die Geste: Ich habe das Auto gekauft, ich habe den Wagen gestaltet, ich habe seiner Vision Flügel angenäht. Wir fliegen noch nicht, aber wir sind bereit abzuheben.

Meester bittet darum, im Wurstwagen schlafen zu dürfen.

Ich erlaube es.

16

Natürlich kann es schiefgehen. Du glaubst, einen Resonanzraum gefunden zu haben, aber er resoniert nicht. Alles bleibt stumm. Andererseits: Stell dich auf den Marktplatz und schreie, dass du dagegen bist. Du wirst sofort Verbündete finden. Die Leute waren so lang *dafür* – für soziale Marktwirtschaft, für Freiheit, für schnelles Internet, für Demokratie, für Frauenquote, für Rauchverbot, für Homo-Ehe, für Umweltschutz, für offene Grenzen, für Feminismus, für Einwanderer, für Unisextoiletten, für moderate Lohnerhöhungen, für das Turboabitur. Für.

Sie können nicht mehr.

Den Leuten dämmert, dass am Ende niemand für sie ist.

Wir sind dagegen.

Wir sagen es allen.

Wir sind gegen Tofu. Wir sind gegen amerikanische Chlorhühner. Wir sind gegen Veganer. Wir sind gegen Eier aus Hühner-KZs, wir sind gegen Industriefleisch und Lebensmittelkonzerne wie Nestlé oder Kraft.

Niemand übersieht unseren Wagen.

Ich verkaufe. Meester bereitet zu.

Wir kommen mit der Arbeit kaum hinterher. Wir verkaufen an vier Tagen in der Woche unsere Würste auf verschiedenen Märkten. Meester hat sich einen polnischen Metzger, Bartosz, zur Hilfe geholt. Die beiden kennen sich von früher. Der Pole ist ein kleiner, bulliger, stiller Mann. Höflichkeit mit Hackmesser. Meester macht weiter die Gewürz- und Wurstmischungen. Da darf ihm keiner über die Schulter schauen.

Da geht er in seinen kleinen Extraraum, wo alle Gewürze stehen und die verschiedenen Fleischsorten zum Kühlen lagern. Er packt alles in große Plastikwannen, und dann schickt Bartosz die Fleischstücke durch den Wolf, walkt das Brät, füllt es mit der Wurstmaschine in die Därme.

Wir schwitzen, wir werfen uns Wortfetzen zu. Vor unserem Wagen steht eine Schlange. Die meisten Kunden sind jung, viele sehen gut trainiert aus, haben kantige Kinne, ordentliche Haarschnitte, die Mädchen tragen Röcke und Zöpfe. Dazwischen stehen die Alten, die Engländer, die Spanier, die Italiener. Die Mitte fehlt. Die Mitte glaubt an Vegetarismus und guckt kritisch, wenn sie an unserem Wagen vorbeigeht.

Wir sind dankbar dafür.

Wir brauchen Gegner.

Lise ist an jedem Samstag da. Lise ist das wütende Mädchen mit den Zöpfen, meine Kundin Nr. 1.

Lise hat ihren Freunden von uns erzählt. Die Freunde sind gekommen und haben ihre Freunde mitgebracht. Die Freunde von Lise achten auf ihre Ernährung, mögen deutsche biologische Produkte. Die Freunde sagen, sie seien dankbar, für uns, für die Rettung der deutschen Wurst. Manche von Lises Freunden machen die Paleo-Diät.

Lise sagt, dass es guttut, wenn Leute wieder Mut zum Eigenen haben.

Lise sagt, sie will keine Minderheit sein.

Lise sagt, dass sie unsere Farben mag.

Lise ist manchmal traurig und manchmal wütend.

Lise sagt, das System hat sie durch die Heilpraktiker-Prüfung fallen lassen. Lise sagt, für das System sind sie und ihre Freunde die Schwarzen.

Lise meint, die Falafeljungs nehmen den Mund einfach zu voll. Sie sollen mal an Palästina denken.

Die Falafeljungs zucken, als sie unseren Wagen sehen.

Am Ende eines jeden Markttages sind wir ausverkauft. Es hat, neben der Deko des Wagens, noch ein paar weiterer Veränderungen bedurft, um die Sache richtig in Schwung zu kriegen. Wir sind total regional. Auf Anraten von Lises Freunden haben wir aus den Wildwürsten »Paleo-Würste« gemacht:

PROBIER DEN URGESCHMACK:
68% PURES PROTEIN!

Paleo-Diät ist der Gegentrend zur grassierenden Veganer-Epidemie. Wo immer ein Mensch gerade auf die Möhre umschwenkt, beißt ein anderer dafür in ein Stück blutendes, von dünnen Fettadern marmoriertes Fleisch.

17

Die gängigen Ernährungskonzepte, umgeordnet:

Roher Gemüsesaft, rotes Gemüse, rotes Fleisch und Gemüse, aber keine Kohlenhydrate und kein Fleisch, Schwein geht gar nicht.

Kein rotes Fleisch, Geflügel und Fisch; Vegetarier, aber keine Nachtschattengewächse, vegan, glutenfrei, zuckerfrei, salzlos, hefefrei. Low carb, high carb, no carb. Schwein geht gar nicht.

Flexitarier – heute Gemüse, morgen Haxe, Hauptsache ein Konzept, an Gemüsetagen geht Schwein gar nicht.

Clean eating, Knastdiät, New Nordic Diet, Atkins, Amapur, Almased.

Paleo, Paleo, Paleo!

Brutal regional!

18

Wir haben Kunden, die kommen extra aus Wilmersdorf und Friedenau. Dann kommen welche aus Hellersdorf und Hohenschönhausen; meine Freunde aus der Folier-Werkstatt zum Beispiel, die sind mit ihren Kollegen auch am Start. Die sind anders drauf. Die sprechen kein Wort Englisch, denen geht Paleo am Arsch vorbei, aber die sagen »Bitte« und »Danke«. Bringen ihre sehr tussigen, sehr lauten Frauen mit.

»Kann ick bitte noch zehn von die Wildwürste für 'n Grill mitnehmen?«, fragt Ed.

Super Idee. Von da an verkaufen wir Würste vakuumiert auch in Sixpacks.

Wenn der Berliner Dialekt von Ed, seinen Jungs und ihren Frauen auf die Anmachsprüche vom Falafelstand trifft, ist Stimmung in der Bude.

Wenn die Free-Palestine-Fraktion auf die Falafel-Fraktion trifft, ist Stimmung in der Bude.

Wir verkaufen Grobe Bratwurst vom Wildschwein mit Kräutern, Hirschbratwurst mit Rosmarin und Pilzen, feine Wildbratwurst mit Heidelbeerketchup. Es gibt natürlich auch Currywurst und Käsekrainer. Bockwurst und Wiener haben wir schnell wieder aus dem Programm genommen. Die neue Wurst ist anders.

Das alles ist nur durch Meester möglich. Er arbeitet wie ein Tier und ist glücklich dabei, operiert völlig im Wurst-Modus, hat ständig neue Rezeptideen, die er mir mit der Messerspitze in den Mund schiebt, wenn ich ihn im Speicher besuche.

Die gesamte Rückwand des Wagens haben wir mit dunkelgrüner Wandtafelfarbe gestrichen. Genug Platz, um unsere Würste anzupreisen:

Coburger Bratwurst:

So war Bratwurst mal gemeint – würzig, fleischig und über Fichtenzapfen gegrillt – die Coburger Bratwürste sind old school vom Feinsten – handwerklich hergestellt von Schweinen, Kälbern und Rindern, die noch Namen haben! Gebunden mit Biofarmeiern.

Geflügelbratwurst:

Glückliche Hühner aus der Zucht von Alia von Hesse zu glücklichen Bratwürstchen verarbeitet – für alle, die es leichter mögen, aber nicht auf Kommando Wurst verzichten wollen. Geflügelbratwurst klassisch oder als Currywurst.

Blutwurst:

Älteste bekannte Wurstart überhaupt, Homer schrieb schon über sie – vermutlich vor Troja erfunden (man nehme zu gleichen Teilen Achill und Hektor); der jährliche Wettbewerb des Ordens der Blutwurstritter (Confrérie des Chevaliers du Goûte Boudin) in Frankreich gehört zum Höhepunkt der Szene und wird regelmäßig von Meister Meester gewonnen! Blut und Speck vom Brandenburger Sattelschwein aus Handaufzucht.

Die regionale Herkunft der Tiere, die handwerkliche Verarbeitung, ihre Freiheit von allen bösen Dingen, die dem regional essenden Menschen das Leben und die Leber schwer machen – das ist die Seele der neuen Wurst.

Wir machen Kasse. Dann werden wir von einer Woche auf die andere berühmt: Die *New York Times* hat in ihrer Wochenendausgabe einen Artikel über uns gebracht. Wir haben das nicht mitbekommen. Wir wundern uns nur, warum wir plötzlich überrannt werden wie eine griechische Insel von Syrern; die Schlange wächst, die Zahl der Selfies vor unserem Wagen steigt ins Unermessliche.

Eine Food-Bloggerin stellt sich vor und bringt uns den Artikel mit: *The return of the Deutsche Wurst!* Darunter ein Bild von uns im Wagen. Der Artikel ist ganz launig geschrieben; der Autor preist die Wurst, prophezeit einen neuerlichen Aufstieg Deutschlands zur Wurstgroßmacht und warnt vor dem Willen zur Weltherrschaft. Als Beispiel führt er an, dass die Wurstverkäufer ihre ausländischen Kunden zwingen, auf Deutsch zu bestellen. Ansonsten hat der Autor das Gefühl, dass ihm das neue deutsche Selbstbewusstsein noch nie so gut geschmeckt hat.

19

Wir sprechen deutsch. Um etwas Luft und Spaß zu haben, bitten wir unsere internationalen Kunden, auf Deutsch zu bestellen. Wer es nicht wenigstens versucht, bekommt keine Wurst! Das ist lustig und bietet den anderen in der Schlange eine gute Show. Gerade die Gäste, die nur deutsch sprechen, für die Brandenburg die Welt ist und eine Fahrt an die Ostsee eine große Reise, freuen sich richtig. Sie spüren Erleichterung, denke ich. Plötzlich sind nicht mehr sie die Horste. Draußen an der Theke haben wir unter der Überschrift:

WIR SPRECHEN DEUTSCH!
(How to order / So wird bestellt:)

Tafeln mit Bestellvorschlägen in deutscher Laut-Umschrift angebracht. Käsekrainer und Hirschbratwurst sind Worte, die uns, mit spanischen oder englischen Zungen dargeboten, viel Freude machen. Nach einer Weile beginnen die Leute schon hinten in der Schlange die Bestellungen zu üben. Lise motiviert sie. Lise lässt nicht zu, dass es jemand nicht wenigstens versucht.

Jemand stellt ein Video davon auf YouTube. Wir haben innerhalb weniger Tage fast eine Million Klicks.

Wir schenken Lise ein AKW-Shirt als Dank.

Lise bedankt sich herzlich und zieht es sofort an.

Ich kann nicht weggucken. Lise hat wunderschöne Brüste.

Ich übersetze Meester den Artikel, den mir das Mädchen hochgereicht hat. Ich erkläre ihm, was ein Food-Blogger ist – wichtig, gut fürs Geschäft.

Meester lächelt wölfisch.

Die Bloggerin will Freiwürste wegen PR und so.

»Kannste vergessen«, gebe ich ihr zu Protokoll. »Wir arbeiten hart für unser Produkt, unsere Lieferanten arbeiten hart für unser Produkt. Alle wollen davon leben. Wenn du was Gutes über uns schreibst, weil du es gut findest, freuen wir uns. Wenn du Scheiße schreibst, weil du beleidigt bist, dann ist das dein Problem, verstehst du? Da kann die scheiß Königin von England kommen – sie wird bezahlen!«

BiDi, Biggy Delicious, reagiert zickig. Sie droht mit 10.000 Followern. Ich verkaufe ihr eine Hirschwurst. Ich lege noch 'ne grobe Wildschweinwurst oben drauf; es geht nicht darum, knauserig zu sein, es geht ums Scheißprinzip. Das Prinzip sieht selbstverständlich Ausnahmen vor – aber die bestimmen wir.

Als BiDi geht, stellt sich Lise ihr kurz in den Weg, flüstert ihr was ins Ohr. BiDi nickt hastig.

BiDi bloggt was von »Wurst mit Haltung«.

Gefällt uns.

Der Markttag ist zu Ende. Wir sitzen auf einer Holzbank hinterm Spielplatz, lassen die bleiche Sonne auf uns scheinen und trinken ein paar Bier.

Bert, der Marktbetreiber, setzt sich zu uns. Er sieht besorgt aus. Irgendwas bedrückt ihn. Er will wissen, wie es läuft, zupft an seinem Bart rum.

Läuft super für uns, bestätigen wir. Seit wir etwas auffälliger sind, geht es mit dem Umsatz aufwärts. Seit wir in der Zeitung sind, geht es mit dem Umsatz aufwärts. Seit wir auf YouTube sind, geht es noch viel aufwärtser.

Bert meint, das habe er auch gehört, aber es gäbe leider auch ein paar Beschwerden.

Meester und ich werden hellhörig.

Die Jungs vom Falafelstand fühlen sich antisemitisch angegriffen, muss uns Bert leider sagen.

»Bitte?«

Mir fällt vor Schreck fast das Bier aus dem Gesicht – antisemitisch? Auf keinen Fall! Ich werde richtig ernst. Wir sind für Handwerk. Wir sind für Regionalität. Wir sind natürlich *gegen* Antisemiten. Wenn die Falafeljungs allerdings die Fahne des Zionismus über ihrem Stand hissen, dürfen sie sich ehrlich nicht wundern, wenn ein paar Antiimperialisten von Free Palestine ihnen die Meinung geigen. Schließlich verkaufen sie mit ihrem Auftritt ja nicht nur Kichererbsenbällchen, sondern auch ein Stück zionistische Ideologie.

Das sieht Bert ein. Er ist natürlich wie wir gegen die Besetzung. Aber die Tofufeministinnen haben sich auch sehr nachdrücklich beschwert, druckst Bert.

»Das ist doch wohl eindeutig unsoziales Konkurrenzverhalten, oder?«

Bert zuckt mit den Schultern.

Er weiß nicht, was er machen soll. Er will nichts gegen uns unternehmen, aber er kann auch nicht nichts machen. Wir finden gemeinsam eine Lösung: Wir ziehen mit dem Wagen an den Kopf des Marktes – weg vom Falafel und vom Tofu.

Es gibt keinen besseren Platz auf dem Markt als vorn.

Wir müssen uns nur neue Feinde machen.

20

»Ich muss meinen Sohn anrufen.«

Wenn du erwachsene Kinder hast, musst du ihnen von Zeit zu Zeit sagen, was bei dir Sache ist, wenn du sie nicht ganz verlieren willst.

Meester meint, ich sei gar nicht der Vatertyp.

Da hat er recht. Bin ich auch nicht.

»Es gab ein Leben vor der Wurst.« Ich nicke. »Hab mich seit einem Jahr nicht bei ihm gemeldet. Da, wo er wohnt, ist es jetzt noch Nacht. Ich darf es nicht vergessen. Vielleicht kann ich ihm was erklären. Wollen wir essen gehen? Ich habe Hunger.«

Wir gehen ins Kimchi Massaker, nur ein paar Ecken weiter. Alle Tische sind reserviert oder besetzt. Wir wollen schon wieder abziehen, als der Chef am Tresen Meester erkennt und einen Tisch für uns frei macht.

Thomas Li gratuliert uns zur Alternative Kommando Wurst; die Gastro-Szene weiß Bescheid. Damit sind wir ein Teil der Familie. Später schickt die Küche als Gruß ein paar Gun Mandu und Ojinger Twigim.

Der Service ist super, das Essen auch.

Jetzt, wo es mit dem Imbisswagen so gut läuft, wir auch vakuumierte Würste in Zahlen verkaufen, will Meester endlich sein Restaurant.

Ich denke, mit einem Restaurant wird alles anders. Ich hatte mal eine Firma; ich weiß, wie schwierig es ist, so was wieder loszuwerden. Es gibt Mietverträge, Lieferantenverträge, Investitionen, Businesspläne, Verbindlichkeiten, Buchhaltung, Steuer, du musst eine Gesellschaft gründen, Abschlüsse vorlegen. Kostet alles einen Haufen Kohle. Also versuche ich, Zeit zu schinden.

»Ich habe über deine Rolle im Restaurant nachgedacht«, sage ich. Ich hebe das Sake-Glas und proste Meester zu. Mit dem Imbisswagen sind wir wie Straßenkünstler. Die Leute erwarten wenig und werden dann überrascht. Ein Restaurant ist wie ein Theater. Es geht um Drama und Unterhaltung. Die Leute kommen mit Erwartung – Auftritt, Abtritt, Vorhang. Jeder spielt eine Rolle. Der Sympathieträger wird Meester nicht werden. Einfach schlecht gelaunt rumstehen geht auch nicht. Die Idee: Wir lassen die Masken fallen und sagen, das wären unsere Verkleidungen. Meester ist der Schlachter. Er ist der Träger des dunklen Geheimnisses. In jeder Küche gibt es ein dunkles Geheimnis, das bringt Würze. Vielleicht hat er im Keller eine Jungfrau geschlachtet, vielleicht sieht er aber auch nur so aus – Geheimnis.

Ich ziele mit dem Zeigefinger auf Meester.

»Lass dir einen Schnauzer wachsen!«

Meester schaut mich irritiert an.

»Ja, ’nen Wurstschnauzer. So ein dickes Ding, kein Hitlerbärtchen. Wir müssen alles markant machen, unverwechselbar. Retro-Chic, schwere Baumwollschürzen, Wursthandwerk, Hosen mit Hosenträgern, weißes Hemd, ein paar Flecke drauf. Blut, oder? Würde dir stehen, Haare so zum Seitenscheitel gekämmt. Darf ich?«

Ich lange über den Tisch und ruschele Meester die Haare zurecht.

Passt!

»Wenn du dann maulig hinter der Theke stehst, bist du kein Stiesel mehr, sondern die dunkle Seele des Wurstkommandos – der Bombenbauer, der Auftragskiller. Von Originalen lassen sich die Leute gern anraunzen. Das nennen sie authentisch.«

Meester verdreht die Augen.

»Bart wachsen lassen, sofort«, befehle ich.

Meester will wissen, welche Rolle ich spiele.

Mir gehört das alles. Ich habe Marke und Logo auf meinen Namen eintragen lassen. Aber bevor ich antworten muss, kommt Patricia an unseren Tisch. Sie hält mir die Wange zum Kuss hin.

Patricia ist immer noch eine schöne Frau. Vor 17 Jahren war sie eine Elfe und die Freundin von Alexander. Nach seinem Unfall verbrachten wir eine Nacht miteinander; stumm vor Trauer gingen wir von der Pathologie direkt zu mir. Trostsex ist nicht der schlechteste. Patricia war wie ausgehungert. Es lief bei ihr und Alexander zum Schluss nichts mehr untenrum – zu viele Drogen oder so. Danach redete Patricia ein paar Jahre nicht mehr mit mir. Später fing sie an, über mich zu reden; dass ich schuld an ihrem Unglück sei, dass ich Alexander umgebracht hätte. Jetzt ist sie Kreativchefin bei einem großen Online-Modehändler. Die letzten Male, die wir uns zufällig über den Weg liefen, sah sie mich nicht. Jetzt küsst sie mich wie einen alten Freund: »1,3 Millionen Klicks auf YouTube, das ist eine Ansage.« Patricia nickt Meester zu. »Der Artikel in der *NYT* – dafür müssen andere richtig bezahlen!«

Sie lacht.

»Das ist Patricia«, stelle ich vor. »Eine Freundin glücklicher Tage. Das ist Meester.«

Du denkst, du hast mit alldem nichts mehr zu tun, aber dein öffentliches Leben geht einfach weiter, als wäre es nicht an dich gebunden. Vielleicht ist es das auch nicht.

Ich schaue auf meine Hand. Ich spüre die Kraft in ihr sanft pochen, spüre, wie das Blut gegen die Oberfläche drückt. Ich weiß, es fehlte nicht viel, und die ersten roten Tröpfchen werden sich zeigen: Hämoglobin. Es gibt keinen Grund, den Moment nicht zu genießen. Das, sagt der Berater in mir, ist erst der Anfang: *Hic Rhodus, hic salta.* Ich lächle Patricia an, versuche, mich an ihren Geruch zu erinnern. Die Wahrheit ist: Ich habe Alexander umgebracht. Ich habe ihm den Strick geknüpft. Ich habe ihm das Messer geschliffen. Ich habe ihn an die Kante des Dachs geführt. Ich habe ihm den Autoschlüssel in die Hand gedrückt – fahr vorsichtig, alter Freund! Gern hätte ich meine Hand in eine Schüssel mit kaltem rohen Fleisch gesteckt; Patricia-Fleisch. Zu spüren, wie ihre bemühte Freundlichkeit meine Wunden salbt: großartig.

21

Wir sind zur Wahl des »Chefs des Jahres« im Grandhotel Hayett eingeladen. Das ist im frühen Herbst das große Ding der Berliner Gastronomieszene. Die Stadt hat sich in den letzten Jahren aus der Dönerwüste zu 19 Sternen hochgekocht.

Restaurants sind die neuen Clubs.

Köche die neuen DJs.

Essen ist der neue Sex.

Street Food ist der Punk – so in etwa.

Eine Fachjury wählt Alternative Kommando Wurst aus, sich auf dem »Marktplatz der Berliner Gastronomietrends« zu präsentieren. Das ist eine Auszeichnung. Es gab ein paar Proteste dagegen. Das ist eine noch größere Auszeichnung. Für uns ist es eine gewaltige Aufgabe. Das schaffen Meester und ich nicht alleine. Auf dem Wochenmarkt gehen ein Metzger mit dunkler Aura und ein alternder Berater als Originale durch. Bei der Wahl zum Chef des Jahres sind alle Kritiker da, alle Kameras an, schaut uns das große Geld in die Töpfe bzw. auf den Grill, um zu sehen, wo sich was investieren lässt.

Außerdem mag das Geld es jung. Wenn du nicht Grünkernklopse an militante Lesben verkaufen willst, dann gehört Sex dazu. Der Führer hatte Leni Riefenstahl, die Linke hat die Wagenknecht, die CDU ihre Julia Klöckner. SPD und AfD haben keinen Sex mehr. Die sind einfach zu alt dafür. Meester und ich haben die gleiche Idee: Lise.

Ich bin am Tag unserer Verabredung mit Lise von früh bis späten Nachmittag mit dem Duster unterwegs, um Fleisch von unseren Lieferanten zu holen.

Großmarkt gibt es bei uns nicht. Meester will Tiere mit Namen, will ihre Eltern kennen und die Bauern. Bei Fleisch isst du alles mit, sagt Meester; Industriefleisch ist Wasser, Angst und Antibiotika. Artgerechte Tierhaltung ist Liebe, Weide und Weite, Heimat und Glaube.

Nimm ein Glas Wasser, sage Donald Trump hinein, friere es ein. Unterm Mikroskop siehst du gefrorenes Chaos und Hakenkreuze.

Nimm ein Glas Wasser, hauche Barack Obama hinein. Unterm Mikroskop siehst du gefrorene Ordnung und Glücksbärchis.

Alles ist in allem.

Carl Eduard sagt das auch. Carl Eduard von Schielow ist vor 20 Jahren aus Westfalen nach Brandenburg gekommen, hat einen Resthof übernommen und dann, als Land noch billig war, in großem Maße Flächen dazugekauft. Wir kaufen bei ihm Rind, Kalb, Lämmer, manchmal Gänse.

Eduard ist Liebe. Eduard ist Fürsorge. Eduard ist Impfgegner. Tagesfrisches Schlachtfleisch liefert er selbst. Eduard weiß von einem ehemaligen Hauptmann der Bundeswehr, Fliegerstaffel, dass Chemtrails Nanopartikel ausbringen, die uns über die Kopfhaut impfen.

Eduard weiß von meiner Ostsozialisation. Er weiß, dass ich geimpft wurde. Ihr konntet nichts machen, sagt Eduard. Es täte ihm leid. Er rate zu Darmspülungen; der Tod wohne im Darm.

Alia, von der wir das Geflügel kauften, Dietrich, der Schweinezüchter, Carl Eduard, sie wissen alle, was eigentlich läuft; sie kennen die Fakten, sie machen keine große Geschichte drum, aber sie sind bereit. Sie haben Partikelfänger im Garten, lassen ihr Trinkwasser über Kristalle laufen und haben Geigerzähler und ausreichend Luftfilter in den Werkstätten. Das Land ist nicht mehr hinterher, das Land ist vornweg.

Eduard, Alia und Dietrich haben sofort verstanden, was das Wurstkommando bedeutet: Identität. Sein dürfen, was wir sind.

Was sind wir denn?

Doch wohl das Gegenteil von Döner, oder?

Dietrichs Schweine sind viel draußen, wachsen langsam, haben festes rotes Fleisch und sehen so glücklich aus – da willst du noch vor dem Schlachten reinbeißen. Auch Dietrich hat eine klare Meinung zu allen Problemen der Welt. Er züchtet nur alte Rassen – die winterharten, die widerstandsfähigen. Brutal regional: Gute Wurst hat ihren Ursprung im gesunden Land.

Alles ist in allem.

22

Lise hat sich chic gemacht. Sie trägt eine weiße Bluse unter der schwarzen Kapuzenjacke, dazu eine hautenge schwarze Hose, wie sie die Mädchen jetzt tragen. Sie ist geschminkt.

»Was wollt ihr?«, fragt Lise.

Wir sitzen in einem Café am Rosenthaler Platz. Der Duster mit dem Fleisch steht am Friedhof. Zu lange darf er da nicht stehen bleiben. Ich finde, Lise stellt die richtige Frage.

Ich erzähle ihr von der Chef-Wahl und dass wir mit dem Wurstkommando auf den Trendmarkt eingeladen sind.

»Ach«, sagt Lise. »Der Mainstream ist interessiert an der deutschen Wurst? Das Geld will euch sehen, was?«

Lise lacht. Das klingt nicht wirklich lustig.

»Habt ihr abgesagt?«, will sie wissen.

Ich sage ihr, dass wir zugesagt haben.

Lise geht auf Abstand: »Warum?«

Lise kennt uns vom hinterm Tresen. Sie weiß nicht, wofür das Wurstkommando brennt. Sie weiß nicht, was das Kommando will. Sie weiß nicht, dass ich genau zugehört habe, wenn sie was erzählt hat. Also gebe ich ihr ein Warum, zu dem sie nicht Nein sagen kann. Das Wurstkommando will ein Zuhause schaffen, Heimat. Ein Ort zum Genießen – leckere Würste, große Biere, einen Schnaps aufs Haus. RTL2 und Hofbräuhaus auf Speed, streng regional. Weißt du, sage ich, ich will Mädchen mit Tattoos, die zeigen, was sie haben, und die den Jungs eine scheuern, wenn sie anfassen, ohne zu fragen. Richtige Kerle will ich, gern auch schwul, mir doch egal, aber Ende Gejammer. Einen Ort ohne Verbot will ich. Ich habe das Gelaber satt, die Unverbindlichkeit, die Komplexität. Das ist es, was mich an der Wurst von Anfang an fasziniert hat: dass sie einfach ist. Leben, Sterben, Wurst. Konsumieren und konsumiert werden – verstehst du mich?

Meine Augen sind feucht. So nimmt mich das mit. Wurst ist Gefühl, Wurst ist der Soul des Essens, Kraft fürs Volk. Meester und Lise sehen, was ich gerade sehe.

»Ohne ihr Geld schaffen wir das nicht. Guck uns an: Wir brauchen jemand, der das Wurstkommando sexy macht und die Attacke führt – mit Charme!«

»Mit was?« Lise ist verunsichert. Wenn sie unsicher ist, schaut sie wie eine Wölfin vor dem Angriff. Ihre Augen werden gelb.

»Ich dachte, ihr braucht jemanden, der jemanden in den Arsch tritt und noch ein paar Leute dafür hat.«

»Die haben wir selbst«, sage ich. »Wir brauchen jemanden, der so sexy ist wie ein Arschtritt.«

»Ich?«

»Du.«

Wir lachen. Sogar Meester zieht einen Mundwinkel nach oben.

23

Lise verändert das Gleichgewicht. Das ist sofort zu spüren. Das Verhältnis zwischen Meester und mir war ausbalanciert. Einer hörte dem anderen zu, die Rollen waren verteilt. Welche Rolle wird Lise haben? Die Drei-Körper-Problematik ist ein schwieriges mathematisches Problem. Wie verhalten sich drei Körper im Raum zueinander – wie ziehen sie sich an? Was passiert, wenn Lise mir mit ihrer rauen Wolfszunge übers Gesicht leckt? Wie reagiert Meester dann? Wie reagiere ich auf Meester und sie? Wie reagieren wir, wenn sie jemand anderem das Gesicht leckt; kann ich das ertragen?

Bin ich zu alt, so was denken zu dürfen?

»Da haben wir noch gar nicht drüber gesprochen: Wenn sie mitmacht, gehört sie dann dazu oder ist sie unsere erste Angestellte?«, frage ich Meester.

Meester schaut mich irritiert an.

Auch eine Antwort.

»Was denkst du?«, frage ich Lise.

»Ich will das, was ihr wollt.« Sie schaut mich an. »Oder nicht?«

Sie hat meine Vision voll gekriegt. Natürlich.

Lise sagt, dass sie lange als Serviceschlampe unterwegs gewesen sei. Bevor sie die Sache mit der Ernährung für sich entdeckt habe. Lange nachdem sie vom Meth losgekommen sei. Bevor das System sie durch die Heilpraktiker-Prüfung habe fallen lassen. Lange, lange nachdem sie aus Hannover weg sei.

Ich reiche Lise die Hand.

Lises Hand ist warm und fest. So eine Hand willst du um den Schwanz haben.

»Gut.« Ich räuspere mich, schüttele den Kopf. »Willkommen.«

Meester nickt.

Zurück zum Geschäft: Warum unsere Einladung zur Chef-Wahl so eine große Sache war? Es ist der ideale Platz, um Kontakte zu knüpfen, gelangweiltes Geld kennenzulernen, im besten Fall Verbündete zu finden. Und trotzdem, sage ich, muss es zuerst die Wurst bringen. Denn wenn keine Schlange vor unserem Stand steht, wenn sich die Leute nicht sofort hinten wieder anstellen, dann wird sich auch das Geld nicht um uns kümmern.

Nichts ist erfolgreicher als Erfolg, alte Beraterweisheit.

Meester meint, wir sollten ganz auf Wild setzen.

Das ist lecker, aber nicht neu. Ich denke, dass wir eine besondere Wurst brauchen. Was, worüber die Leute reden, was sie sich merken. Was Besonderes. Nach Hin und Her, wir verwerfen Gänsestopfleber- und Trüffelwurst, kommen wir auf eine grobe Bratwurst mit Kobe-Fleisch: die Grobe Kobe!

»Was ist das?«, will Lise wissen.

Kobe-Fleisch kommt aus Japan und ist von Rindern, die mit Bier getränkt, täglich massiert und von Jungfrauen in den Schlaf gesungen werden. Ein Kilo Kobe-Fleisch ist teurer als ein Kilo Kokain. Dekadent. Geil.

»Ich fresse so ’nen Scheiß nicht«, sagt Lise.

Ich finde Lise Zucker, wenn sie bockig ist. Meester will was sagen. Ich winke ab.

Klar wird Lise Kobe essen – sie wird es lieben. Vielleicht wird sie trotzig schauen beim Schlucken, aber ihr Gaumen wird mehr wollen.

Das ist der erste Abend. Lise geht zur U-Bahn. Meester und ich schauen ihr nach. Lise winkt nicht.

Ich fahre mit Meester zum Speicher, das Fleisch aus dem Duster laden.

»Meinst du, die bringt es?«

Meester ist sich sicher.

Auf dem Weg zu mir nach Hause denke ich an ihren Händedruck, wie der wäre …

24

Lise kennt die Märkte. Sie stellt ihren Koffer in die hintere Ecke des Wagens und zieht sich um. Sie braucht eine halbe Stunde, dann hat sie das Verkaufen besser drauf als ich. Ich weiß auch warum. Ich bin maximal ein guter Verkäuferdarsteller. Lise verkauft einfach. Redet einfach. Ist einfach.

Weil ich nicht rumstehen und zusehen will, wie sie mich alt aussehen lässt, schlendere ich über den Markt und setze mich dann in ein Café.

Ich weiß, wie es läuft auf dem Trendmarkt zur Chef-Wahl. Alle kochen sich die Seele aus dem Arsch. Alle sind hinreißend. Ich will nicht, dass wir wie alle sind. Ich will das nie wieder. Schwarmintelligenz ist seit ein paar Jahren ja eine große Sache. Das ist so eine Soziale-Medien-Sache: *Lieber Schwarm ...* Mir wird da immer ganz schlecht. Ich frage mich, wenn Schwärme so intelligent sind, warum werden sie dann mit Netzen gefangen? Muss jemand großes Interesse daran haben, dass sich Menschen zu Schwärmen zusammenfinden. Kann man sie leichter fangen: Apple-Schwarm, Instagram-Schwarm, Kardashian-Schwarm. Wenn wir auf dem Trendmarktplatz nicht einer von vielen sein wollen, brauchen wir mehr als die besondere Wurst. Wir brauchen einen großen Auftritt. In der Regel tragen die Gäste feinen Zwirn, Krawatte oder Fliege, die Damen zeigen Haut. Ich kenne solche Veranstaltungen; alle sind dankbar für etwas Aufregung, aber keiner will der Erste sein. Das Wurstkommando ist keine High-Class-Küche. Wir haben auch nicht den coolen Ethno-Charme der Peruaner oder Thailänder, den alle lieben. Wir sind deutsch, Wurst, irgendwie Punk. Wir sind auf keinen Fall Folklore, keine Seppelhosen und Janker. Welche Nische bleibt da? Womit kannst du als Deutscher am schnellsten Reaktionen provozieren?

Dreh dich nach rechts / und klatsch in die Hände / Und mach den Adolf Hitler / Und tanz den Adolf Hitler / Und jetzt den Mussolini …

DAF. Richtig.

Ich zahle meinen Matcha Latte und gehe gut gelaunt zurück zum Wagen.

Lise hat schon Fans, und Meester hat Schweißperlen auf der Stirn.

Läuft.

Gegen sechs fahren wir in den Speicher, um mit der Groben Kobe zu experimentieren; wir müssen das richtige Brät finden. Wir jagen Kalb als Kobe-Ersatz durch den Wolf, packen Eiswürfel mit dazu, damit das Eiweiß nicht gerinnt, schmecken es mit Salz, Pfeffer und Thymian ab. Vom Thymian nur einen Hauch. Ein paar Spritzer Zitronensaft sind gut. Lise schneidet das Fleisch in verschieden kleine Würfel. Wir müssen die richtige Größe finden.

Die ersten Würste sind schon ein Genuss.

Gegen acht meint Meester, Lise und ich sollen uns aus dem Staub machen, er wolle noch ein paar Sachen probieren. Beim Wursterfinden ist Meester am besten allein.

Ich frage Lise, ob sie Lust hat, noch was trinken zu gehen.

Sie schaut mich komisch an und nimmt ihren Koffer.

25

Wir stehen am Tresen im Craftklub, eine von den neuen Bierkneipen, die auf schon-immer-da machen. Alles abgenutzt, jeder tut so, als würde er jeden kennen – Arbeiterkneipensimulation für Webdesigner.

Lise wirkt nervös. Sie nippt nur von ihrem Bier. Finde ich gut. Das ist ein Test. Alles ist ein Test.

Es ist wichtig, die Dinge unter Kontrolle zu haben. Ich will keine Überraschung erleben.

Lise erzählt von einem Festival, auf dem sie war.

»Was für Musik?«

Rock mit deutschen Texten.

»Da sollten wir mit dem Wurstkommando hin – später mal«, fügt sie hastig dazu. Lise hat Respekt vor Meester und mir.

»Was ist los?«, will ich wissen. »Du bist nervös. Bist du müde, willst du nach Hause?«

Lise schaut mich gerade an.

»Kann ich bei dir wohnen?«

»Was?«

Mir fällt fast das Bier aus dem Gesicht.

Seit die Sache mit dem Heilpraktiker gescheitert ist, läuft es nicht so gut bei Lise. Sie hat viel gekifft, keinen Job gekriegt. Jedenfalls muss sie bei der Freundin raus, bei der sie die letzten Wochen gewohnt hat. Die Freundin will mit ihrem Kerl zusammenziehen, Kinder machen.

»Nichts für mich«, sagt Lise.

Lise findet das Würsteverkaufen toll, mag den Markt. Lise findet das Wurstkommando toll, weil wir Flagge zeigen. Nach den ersten Würsten hängt sie bei uns ab, weil sie sieht, dass wir es nicht im Griff haben. Außerdem füttern wir sie. Lise denkt zuerst, wir seien Nazis. Sind wir aber nicht. Dann denkt sie, wir seien Linke. Sind wir auch nicht. Das findet Lise besonders.

»Wir sind Wurst«, sage ich.

»Was ist nun?«, fragt Lise. »Kann ich mitkommen, oder bist du auch nur ein altes Arschloch?«

26

Lise öffnet ihren Koffer. Alles, was herausfällt, ist schwarz, bis auf die Unterwäsche. Unglaublich, wie ein einzelner Tangaslip die Stimmung eines Zimmers hebt.

Lise will wissen, wo die Waschmaschine sei.

Nirgendwo. Ich habe keine.

Lise fragt nach einem Schlüssel. Wenn sie bei mir wohnt, brauche sie einen eigenen Schlüssel. Natürlich. Ich habe noch welche im Sicherungskasten liegen.

»Passt für oben und unten«, erkläre ich ihr. »Wo willst du hin?«

»Waschmittel kaufen.«

Kaum ist sie raus, vermisse ich sie. Was heißt das – *wohnt bei mir*? Ich das große Zimmer, sie das andere? Oder sollte ich ihr mein Zimmer anbieten? Auf keinen Fall! Das andere ist leer. Es gibt nur die eine Matratze. Denkt sie, dass sie einfach mit bei mir im Bett schlafen kann? Denkt sie, ich sei so alt, dass mir das nichts ausmachen wird?

Denkt sie was?

Ich setze mich an den Rechner und kaufe online bei Mediamarkt eine Waschmaschine inklusive Montage, Express-Lieferung am nächsten Morgen. Hat mir sowieso gefehlt. Im Bad sind alle Anschlüsse vorhanden.

Lise kommt mit Waschpulver und einer Flasche Bacardi zurück.

»Saufen?« Sie winkt mit der Flasche.

»Unbedingt!«

Mir rinnt ein kleiner Schauer den Rücken runter. Das Zeug habe ich seit 20 Jahren nicht mehr getrunken.

Lise findet die Gläser im Schrank und das Eis im Tiefkühlschrank. Wir trinken in der Küche stehend.

»Ich habe eine Waschmaschine gekauft.«

»Wann?«

»Eben.

»Du bist ja süß!«, sagt Lise.

»Und jetzt?«, will ich wissen.

»Mach, was du sonst machst. Beachte mich nicht. Ich komm klar.«

Das ist eine gute Idee. Was hätte ich sonst gemacht? Ich hätte mir eine Tüte gebaut, mich aufs Bett gelegt, Musik gehört und wäre irgendwann eingeschlafen.

Ich nehme meinen Bacardi, stelle ihn aufs Fensterbrett, baue mir eine Tüte, setze die Kopfhörer auf und mache mir Musik an: Schumann, Sinfonische Etüden.

Lise kommt kurz rein, hat das Gras gerochen, fragt, ob sie auch mal ziehen dürfe. Sie trägt einen roten Tanga und ein schwarzes Top mit dem Porträt von Ozzy Osbourne. Die Haare hat sie zu einem Schlampendutt hochgebunden. In diesem Aufzug darf sie mich alles fragen.

Sie verkündet, duschen zu gehen.

27

Ich bin wohl weggedöst. Ich werde wieder wach, weil sich was Warmes, Weiches an mich schmiegt. Ich spüre Lippen an meinem Hals, bleibe ganz still liegen. Sollte diese Art der Berührung ein Irrtum sein, will ich nicht, dass sie ihn zu früh bemerkt.

Lise flüstert an meinem Hals, dass sie total schön finde, was ich gestern Abend im Café über das Wurstkommando gesagt hätte, und dass sie gern ein Teil davon werden wolle.

»Das bist du doch schon«, flüstere ich zurück.

Sie knufft mich in die Seite: »Du schläfst ja gar nicht.«

Ich lange rüber zum Aschenbecher und mache den Joint wieder an. Die Situation überfordert mich. Es ist lange her, dass sich eine junge Frau neben mich gelegt hat – weich, warm und nackt, wie ich spüren kann. In den letzten Jahren ist mir der Sex vom Schwanz mehr in den Kopf gerutscht. Mindfuck allenthalben. Sex auf die alte Weise – mit zärtlich anfassen, sich mögen und so, ohne Porno aufm Rechner und vorher bezahlen, das habe ich verlernt. Also stoße ich eine dicke Wolke Rauch aus und halte dann Lise die Tüte hin.

»Warum?«, will ich wissen.

»Warum was?«

»Warum legst du dich nackt zu mir?«

Lise kratzt mir mit den Nägeln über die Schulter. »Es gibt nur die eine Matratze. Außerdem: Ich dacht … ich darf bei dir wohnen und so.«

»Als Miete?«

Lise kichert. »Nicht nur. Vielleicht will ich ja auch. Meine Muschi ist ganz feucht. Fühl mal.«

Lise beugt sich über mich, um mich zu küssen. Ihre Zunge schmeckt nach Karamell, ihre Haut ist wie Sahne, sie riecht wunderbar. Dennoch fühle ich mich überfallen. Je näher sie mir kommt, desto weniger passiert bei mir untenrum. Es stresst mich, alles fühlt sich falsch an. Bevor ich in meine eigene Panikfalle tappe, gehe ich lieber in die Offensive.

»Tut mir leid«, ich schiebe Lise von mir runter. »Das wird so nichts mit uns.«

Lise zuckt kurz, dann lässt sie sich auf den Rücken fallen. Lise habe kein Problem mit alten Männern, sagt sie. Sie habe Zeit. Wenn ich nicht wolle, sei das auch okay. Sie wolle nur wissen, ob es an ihr liege.

»Vielleicht zu schnell. Es ist nicht einfach, ein alter Sack zu sein«, sage ich.

Lise sagt: Ich will dich nicht heiraten. Ich will keine Kinder. Ich will dir was Gutes tun. Ich will zum Wurstkommando gehören. Wenn mich jemand will, kriegt er mich ganz. Es sei mehr als Wurst, sagt Lise. Es sei was Neues. Bis jetzt habe sie immer nur mitgemacht. Es seien die Farben, sagt Lise. Es sei, dass jeder wisse, wo alles herkomme; dass wir kein Gewese machen würden. Ihre Mutter sei Vegetarierin gewesen. Es hätte kein Essen ohne Predigt gegeben. Einmal im Jahr sei ihre Mutter für acht Wochen zum Yoga nach Indien gefahren, habe Geld auf dem Küchentisch liegen lassen. Zum ersten Mal, als Lise neun gewesen sei. Vorher sei sie immer bei ihrer Oma geblieben, aber die Oma habe sie irgendwann nicht mehr haben wollen, weil Lise ihr zu anstrengend geworden sei. Als Zwölfjährige habe Lise gelernt, dass sie mit Sex alles bezahlen könne. Sie habe kein Problem damit. Natürlich sei es schöner, sagt Lise, wenn sie gern für was bezahle.

Ich weiß nicht, was ich sagen soll. Jede Geschichte ist traurig.

»Meester macht die Würste?«, fragt Lise.

»Ja.«

»Was machst du?«

»Ich mach das Mehr-als-Wurst.«

»Komm!«, sagt Lise.

Sie beugt sich zu mir, drückt ihre warmen, weichen Lippen auf meine und schiebt mir ihre Zunge in den Mund. Ich denke an die zwölfjährige Lise, wie sie das Gesetz von Angebot und Nachfrage entdeckt … spüre, wie mein Schwanz langsam hart wird, wie mir das Blut zurück in die Lenden fließt. Geht doch! Ich drehe Lise auf den Bauch, was sie geschehen lässt, beiß ihr in den Nacken, lecke meinen Zeigefinger nass, fahre damit die Spalte ihres Arsches entlang und schiebe meinen Finger langsam in ihren Anus. Die warme Enge macht mich richtig spitz. Auf einmal habe ich so ein Katastrophengefühl. Aber es fühlt sich gut an, lebendig. Die glückliche Gewissheit, dass am Ende Schluss ist.

»Wenn sowieso alles im Arsch ist, dann lass uns das Im-Arsch-Sein genießen«, flüstere ich ihr ins Ohr. Ist mir egal, ob sie mich versteht.

Ich verstehe mich.

»Mh … ja, ja«, sagt Lise.

Ihre glatten Schultern, der zarte Schwung ihres Rückens, die Grübchen in ihren Pobacken, ihr Duft – ich lese sie mit Fingerspitzen, Nase und Augen. Ich drehe Lise auf die Seite, schmiere meine Eichel mit Spucke und dringe in sie ein. Sie hat ein Tattoo am Ende der Wirbelsäule, einen Satz kurz überm Hintern. Ich lese ihn mit der Zunge: *Tote Mädchen lügen nicht.* Ich gebe ihr einen Klaps auf den Arsch. Sie dreht sich, reibt sich, atmet tief, öffnet die Schenkel, stellt ein Bein auf. Sie leckt mir übers Gesicht, drückt ihre Zunge in meine Augenhöhlen, versucht sie auszusaugen. Es ist wie gegessen werden.

»Leck mich!«

Sie schmeckt jung. Ich kann nicht genug davon bekommen. Es ist genug da. Sie bewegt das Becken leicht, zeigt meiner Zunge ihre liebsten Stellen. Wir finden den richtigen Rhythmus.

Lise sitzt auf mir, wir pressen uns aneinander, klammern, küssen und beißen uns wie spielende Hunde, stoßen uns weg und packen uns wieder. Als ich in Lises Gesicht sehe, weiß ich, was kommt. Ihre Augen werden glasig, ihre Züge entgleisen. Ihre Zähne wirken wie Hauer. Ihre Hände greifen nach meinem Hals, während mich ihre Möse tief und tiefer in sich aufnimmt. Ich spüre, wie sich ihre festen, warmen Hände um meine Kehle schließen. Ich schaue sie an. Ihre Augen sind gelb und leuchten. Ich schau nicht weg. Ich halte sie aus, bis sie schwer über mir zusammensackt.

Ich habe die ganze Zeit darauf gewartet.

Frauen lieben Männer, die sie aushalten. Das ist der Kern der Liebe: sich aushalten.

Niemand redet hier von Liebe. Die Ängstlichen werden gefressen.

Lise weint, zittert, schmiegt sich an mich, ihr Unterleib zuckt noch immer. Wir liegen lange schwer und stumm in einer Pfütze aus ihrem Saft. Sie schiebt mir ihre Zungenspitze ins Ohr.

»Noch mal.«

»Ich bin ein alter Mann«, flüstere ich. »Ich brauche Pausen.«

Lise beginnt zu lachen.

»Was?«, will ich wissen.

»Glaubst du, es wird gut ausgehen?«

»Mit uns?«

»Alles.«

Ich überlege kurz.

»Wenn es diese Welt ist, dann nicht.«

Lise beißt mir in die Schulter, dass ich kurz aufschreie. Sie lacht.

»Gut. Ich scheiß auf Happy End.«

Sie dreht sich zur Seite und ist von einem Moment auf den anderen eingeschlafen, wie ausgeschaltet, wie weggegangen. Zu meinem Glück hat sie ihren Körper da gelassen.

28

Stürmisches Klingeln reißt mich aus dem Schlaf, jagt meinen Adrenalinspiegel bis an die Decke. Ich greife rüber zu Lise.

Ja, sie ist noch da.

Ich weiß nicht warum, aber in der letzten Zeit bin ich schreckhaft. Die Dinge laufen zu gut. Das ist verdächtig. Nichts hält ewig, Gut schon gar nicht. Ich mache mir Sorgen wegen der Steuer. Das Geld fließt bergauf zu uns. Irgendwann kommen sie und holen dich. Da musst du wachsam sein.

»Herr Frederic Baecker?«

»Was gibt es?«

»Wir bringen die Waschmaschine.«

Lise übernimmt. Sie hat sich ein Tuch um die Hüfte gebunden und nimmt das Gerät vom Monteur entgegen.

Nachdem sich mein Herz wieder beruhigt hat, greife ich ein Hemd und bringe es ihr. Lise lehnt mit nacktem Busen im Türrahmen des Badezimmers und beobachtet die Kerle beim Anschluss des Geräts.

»Zieh dir was über!«

Ich werfe ihr das Hemd zu.

»Die gucken nicht!«, meint sie und grinst.

Ich weiß nicht, wie sie das macht, aber die Jungs an der Maschine schauen wirklich nicht auf, machen ihre Arbeit und wirken eher eingeschüchtert.

Ich gebe ein großzügiges Trinkgeld.

Wir hätten schon vor einer Stunde am Speicher sein sollen. Das ist mir peinlich. Scheiße, denke ich, kaum hat der Herr Damenbesuch, fängt er an zu schlampen. Ich finde das unprofessionell von mir. Wie Meester gegenübertreten? Mit einem Lächeln, kühl wie Hundeschnauze oder verschwörerisch blinzeln – alles klar, Alter? Ich weiß es nicht. Gerade fühlt sich das mit Lise wie Verrat an. Das Wurstkommando ist Meesters und mein Projekt.

»Was denkst du?«, frage ich Lise.

»Wozu?«

Ich trete den Duster, dass er heult, boxe uns durch den Verkehr Richtung Speicher.

»Du und ich«, sage ich. »Und Meester.«

»Musst du doch wissen«, meint Lise. »Ist doch dein Kumpel.«

»Meinst du, er wird eifersüchtig?«

»Glaub nicht, dass er einen Dreier will. Dein Kumpel hat kein Interesse an Ficken.« Lise zuckt mit den Schultern. »Das habe ich schon gespürt, als ich euch zum ersten Mal auf dem Markt gesehen habe.«

Lise sagt das, als wäre es die offensichtlichste Sache der Welt.

Ich schaue rüber zu ihr. »Echt?«

Lise verdreht die Augen, lacht.

Ein Rettungswagen steht halb auf dem Bürgersteig, leuchtet blau und rot. Nicht weit davon liegt ein verbogenes Fahrrad.

»Warum lachst du?«

Lise strubbelt mir durchs Haar: »Im Gegensatz zu dir. Als ihr mir das T-Shirt von euch angezogen habt, hast du auf meine Titten gestiert, dass mir von deinem Blick die Nippel hart geworden sind.«

»Wollen wir heute Abend was zusammen machen?«

Keine übermäßig originelle Frage von mir.

29

Als wir am Speicher ankommen, steht Meester vor der Tür und hustet sich die Seele aus dem Leib. Sein Kopf ist ganz rot, seine Augen tränen. Das mit dem Husten hat vor ein paar Wochen angefangen. Erst kurz und trocken, wie nach einer Erkältung oder zu vielen Zigaretten. Aber Meester war nicht erkältet, und er raucht nicht. Dann wurde es immer anfallartiger.

Ich schlage Meester auf den Rücken. Er kommt japsend wieder zu sich.

»Was ist los?«

Meester schüttelt sich, meint, es sei nichts.

Lise tritt an Meester heran und gibt ihm einen Kuss.

»Solltest zum Arzt gehen – so wie das klingt«, setze ich nach.

Was alleine komme, gehe auch alleine, ist Meester sich sicher.

»An diesem Satz ist schon Bob Marley gestorben.« Ich schüttle den Kopf. »Und wenn, dann funktioniert das im Alter nicht mehr – dann bleibt es.«

Meester insistiert darauf, 15 Jahre jünger zu sein.

»Klingst aber älter.«

Lise kichert.

Wir gehen rein in die Werkstatt. Meester ist sein Husten peinlich. Es ist ein Zeichen von Schwäche; das Fleischgeschäft ist jenseits von Sentimentalität. Krankheit ist Wertverfall. Gesunde Tiere werden gegessen, kranke verfüttert. Meester klingt wie Freibank – minderwertiges Fleisch, Notschlachtung. Er will davon ablenken, versucht ein Grinsen. Sein Blick wandert zwischen Lise und mir hin und her. Ich lasse ihn abperlen.

Lise nicht. Sie kratzt sich, die Lippen demonstrativ geschürzt, zwischen den Beinen.

Meester schaut mich an.

Ich räuspere mich. Die Situation verlangt nach einer Klärung. Das ist nicht so meine Stärke. Mit »alles okay« komme ich hier nicht raus. Also mache ich mich gerade.

»Wir ficken«, sage ich. »Mehr weiß ich gerade nicht. Mit der Wurst hat das nichts zu tun. Hast du ein Problem damit?«

Meester federt hin und her. Es sieht kurz so aus, als würde er wieder einen Hustenanfall bekommen. Geht aber vorbei.

Er winkt ab. »Alles hat mit der Wurst zu tun.« Meester schüttelt den Kopf, fragt dann, ob wir schon gefrühstückt hätten.

Haben wir nicht.

»Kaffee?«, frage ich.

Ich gehe vor die Werkstatt, ein Stück die Köpenicker hoch, um Kaffee zu holen. Als ich wiederkomme, ist der Tisch gedeckt. Meester starrt in den Siedekessel, der auf dem Herd simmert. Lise strahlt still.

Meester fasst in den Kessel und legt mir andächtig eine blassrosa Wurst auf den Teller.

»Herrenwurst«, sagt er.

»Muss ich das verstehen?«

Meester schüttelt den Kopf; es geht nicht ums Verstehen, es geht ums Genießen.

»Hat er extra aufgetaut«, erklärt Lise. »Sind die letzten und nur für uns drei!«

Sie beißt in die Wurst.

»Gemeinschaft«, brummt Meester. »Wurst.«

Ich schmecke den ersten Bissen, versuche den Zauber des Bräts zu ergründen. Es ist eine dünne Brühwurst, einem Wiener nicht unähnlich. Das Brät ist hell und feinporig, wie von einer Weißwurst.

Der Geschmack ist mit nichts zu vergleichen; zart, fast schmelzend, dabei fest im Biss. Eine ganz leichte Petersiliennote gibt ihr einen besonderen Pfiff. Der feine Darm knackt zwischen meinen Zähnen.

»Kobe?«, frage ich.

Kopfschütteln.

Meester sitzt versunken vor seiner Wurst, die Nase fast auf dem Teller, als würde ihr Duft ihm was erzählen – hat sie mit seinem japanischen Ausbeinmesser andächtig in dünne Scheiben geschnitten, die er mit grobem Honigsenf bestreicht.

Er schiebt mir das Töpfchen mit dem Senf rüber, will wissen, wie ich sie finde.

»So was habe ich noch nie gegessen.«

Meester grinst wölfisch; wie ein alter Wolf. Wie einer, der schon in den Schatten wandert.

Ich fühle mich wohl im Speicher – der Geruch von Fleisch und Blut, Majoran, frischem Pfeffer und Estragon trainiert meinen Geruchssinn, tut meinen Lungen gut. Ich mag den Lärm der Maschinen. Noch mehr mag ich die Arbeit mit den Händen.

Ich zerteile Hinterbeine.

Ich schäle Schultern aus. Ich darf sogar Meesters Entbeinmesser benutzen. Einmal.

Ich drehe Fleisch durch den Wolf.

Ich stopfe Brät in Därme.

Ich küsse Lise.

Es fühlt sich richtiger an als die meisten Dinge, die ich in meinem Leben gemacht habe. Ich spüre an meinen Händen das Tier im Fleisch; Muskeln gewachsen in Flucht und Sprung. Jede Faser ist noch voller Hoffnung und Erwartung, erzählt vom Geruch der Gräser und Triebe, von Schönheit und Kraft, vom großen Mythos des Lebens und Sterbens.

Blutgeruch; handgeschlachtetes Fleisch vom Bauern, vom Schweinerot bis hin zum Schwarzrot des Wilds.

30

Am Abend fahre ich zuerst Meester nach Hause, dann mit Lise zu mir. Ich dusche, lege mich aufs Bett, baue mir eine Tüte, setze die Kopfhörer auf und höre Musik – Ludovico Einaudi oder Brahms oder Nusrat Fateh Ali Khan. Ich liebe seine Stimme. Ich liebe die Sehnsucht in der Qawwali-Musik. Die Sehnsucht des Fleisches, gehört zu werden. Das ist Wurst. Lise macht ihren Kram, kommt ins Zimmer, zieht am Joint und geht duschen. Ich schaue dem Tattoo auf ihrem Rücken nach. Es macht mich immer traurig. Ich denke, es bedeutet was. Aber es bedeutet nicht mehr als der Name einer Serie, die Lise geschaut hat. Später wird sie sich zu mir legen. Bedeutung ist ein Missverständnis. Fleisch ist Wahrheit. Heute mache ich die Musik aus und rufe Carl an, meinen Sohn.

Es ist Morgen in San Francisco. Ich hoffe, es ist nicht zu früh. Aber Studenten der Biochemie sind ja eher keine Nachtmenschen.

»Guten Morgen, Sohn«, sage ich.

Er braucht eine Weile, um zu realisieren, wer am anderen Ende spricht. Er ist nicht begeistert.

Das verstehe ich. Ich sage ihm, ich wisse, dass er nicht gut auf mich zu sprechen sei, und wie sehr es mir leidtäte, dass es mit seiner Mutter so eskaliert sei. Es funktioniere in einer Beziehung wie bei kommunizierenden Röhren; bei gleichem Druck sei alles stabil, aber wenn man auf die eine Röhre mehr Druck ausübe, laufe die andere über … brenne irgendwann das Meditationskissen – im übertragenen Sinn. Der Scherz scheint nicht anzukommen, aber ich lasse nicht locker. Ich erzähle ihm, was bei mir los ist: wie scheiße Altwerden ist, wenn du viel gewollt und nichts gekonnt hast. Ich erzähle ihm vom Wurstkommando und von Lise, die zu jung für mich ist, nur einen Fingerbreit älter als er.

Ich frage ihn, ob er noch da sei.

Er ist noch da.

»Was soll ich dazu sagen?«, fragt Carl.

Ich sage ihm, dass er gar nichts sagen müsse.

Alles ist gut, wenn es so sein darf, wie es ist.

»Mit wem hast du gesprochen?«, will Lise wissen.

»Mit meinem Sohn«, sage ich.

Später liegen wir nebeneinander und die Stadt quillt durchs Fenster, macht sich wichtig mit Hupen, Sirenen und hochdrehenden Vierventilern. Soll sie. Mir egal. Seit langer Zeit habe ich erstmals wieder das Gefühl, in der Spur zu sein. So ein Kind in der Welt ist doch ein blinder Fleck, der zu jucken beginnt, wenn die Hand nicht rankommt.

Das Leben ist angenehmer, wenn die eigene Brut einen nicht völlig zum Kotzen findet.

Ich roll mich an Lises Hintern. Morgen ist ein neuer Tag.

Kann kommen.

31

Mir egal, wer Chef des Jahres wird. Beim Trendmarkt sind wir die Helden. Die Grobe Kobe geht weg wie harte Schwänze beim Christopher Street Day. Meester hat das komplette Hinterbein eines Wagyū-Rindes aus der Mark Brandenburg verarbeitet. Er brät die Würste so auf den Punkt, dass die Fleischwürfel im Brät noch rosa sind. So zart und fettig, dass bei jedem Bissen die Gier gegen den Genuss kämpft.

Schluck schneller, sagt die Gier.

Kau länger, verlangt der Genuss.

Wie wir aus zahlreichen Fernsehserien wissen, gewinnt die Gier.

Das Aufregendste am Stand ist Lise. Sie ist das Sahnehäubchen auf der Inszenierung. Nichts ist dem Zufall überlassen: Lise von unten nach oben – Doc Martens, Leggins, Bund-Deutscher-Mädel-Jacke mit viel Dekolleté, Haare zu Schnecken geflochten, dezentes Make-up. *Und tanz den Adolf Hitler / Und jetzt den Mussolini ...*

Um den Hals trägt sie ein Lederband, daran hängt ein großer Aquamarin, in eine silberne Tropfenschale gefasst. Meester und ich haben Lise den Stein am Nachmittag geschenkt – als Motivation, als Dank.

Lise guckt skeptisch, als wir ihn ihr umlegen. Sie hat noch nie in ihrem Leben echten Schmuck bekommen. Sie hat Angst, wie eine Bürgerin auszusehen, sagt sie. Aber dann sieht sie sich im Spiegel, es funkelt an ihrem Hals, und es passiert mit Lise, was mit allen Frauen passiert: Sie sagt Ja.

Lise hat in ihrem Leben noch nicht viel Aufmerksamkeit abgekriegt. Sie ist auch noch nie richtig eine Freundin gewesen, hat sie mir danach ins Ohr geflüstert, es war immer nur so zum Ficken und manchmal, weil sie Geld brauchte.

Lise ist glücklich.
Lise will.

Der Ablauf des Abends ist folgender: Zuerst gibt es einen Champagner-Empfang und kleine Häppchen vom Trendmarktplatz, also von uns, den Peruanern, den Indern, den Mädchen mit den Cidre-Steaks. Danach ruft der Gong in den großen Saal. Dort kochen die nominierten Chefs ein Sechs-Gänge-Menü. Getrunken wird von Anfang an – das Publikum kennt sich aus den Vorjahren, macht gemeinsam Geschäfte und Politik, ist unter sich. Es geht Richtung Jahresausklang, der Appetit ist groß, der Durst auch.

Ich stehe mit einer Flasche Champagner an einem der Beistelltische und sehe dem Wurstkommando beim Kampf zu. Wenn die Schlange vor dem Tresen weiter so lang bleibt, sind wir leer gefegt, bevor der Gong in den Saal ruft. Reserven haben wir keine. Aufgegessen, welchen ehrenvolleren Tod kann es für eine Wurst geben?

Nein, ich bin nicht mehr der Typ für hinter der Theke. Ich bin der Typ mit dem Plan!

So lerne ich Dr. Michael Zwänger kennen. Ich habe zum Üben schon ein paar Gespräche mit Leuten geführt, die Interesse an dem »Wachstumspartner gesucht«-Schild gezeigt haben. Das waren kleine Fische – so zum Warmwerden.

»Tut mir leid«, beende ich die Gespräche, »ich habe leider noch keine Visitenkarte, aber ich rufe an. Klar, sicher.«

Dann kommt Zwänger an meinen Tisch, klein, kahl, korpulent, winkt den Service ran, lässt uns eine neue Flasche Champagner bringen; ist so selbstverständlich in der Welt zu Hause wie ein Berg oder ein Fluss.

»Ich bin Michael. Wir trinken zusammen einen Schluck, und du erzählst mir, wofür du Partner brauchst.«

»Um groß zu werden«, sage ich.

»Warum werdet ihr groß?«, will er wissen.

Ich erkläre es ihm: Die Zukunft schmeckt nach Eisen, veganes Essen ist eine Mode für reiche Kinder, die schon bald was anderem hinterherlaufen werden. Das, was gerade wirklich abgeht, ist Vergangenheit – Britisches Empire, Osmanisches Reich, Havel-Zander und Fleisch von alten Tierarten; deutsche Wurst in den Grenzen von 1134.

Ich sage ihm, dass wir es nicht zulassen können, dass ein Land von Kaffee-Analphabeten wie den Amis die Welt mit einer Café-Kette überzieht. »Alle Welt mag Deutschland und die Wurst, aber wir sind immer noch so damit beschäftigt, uns scheiße zu finden und dem inneren Faschisten nachzuspüren, dass wir die Chance nicht sehen, oder? National-Punk«, sage ich, »schau dir die Blondine am Stand an – saftig, willig, untenrum Revolte, obenrum Bund Deutscher Mädel. Natürlich hat sie eine unglückliche Geschichte, aber das hält sie nicht davon ab, glücklich zu sein.«

Zwänger will wissen, wer die Blondine sei.

Ich sage ihm, dass sie meine Freundin sei.

»Respekt.«

»Danke.«

Das ist der Plan: die Ehre der Wurst retten, Regionalität und Tradition, zwei Säulen, auf denen die Welt ruht, ein Restaurant eröffnen, das System perfektionieren und duplizieren, eine Kette daraus machen; später die Marke in den Feinkosthandel bringen; die Zeit ist reif, Deutschland ist in der Welt beliebt wie kein anderes Land, Wurst muss man keinem erklären, kannst du koscher, halal und mit Bioschwein machen.

»Große Pläne.«

»Ja.«

Zwänger mag große Pläne. Er hat ein Parkhaus in der Karl-Marx-Straße in Neukölln gekauft. Er baut es zu einem Kreativ-Hub um – so postindustrielles Zeug, Handwerk, produzierendes Kleingewerbe. Er hat schon eine Seifen-, eine Fahrrad- und eine Strickwarenmanufaktur. Er sucht noch Gastronomie, die dazu passt.

Wir geben uns die Hand drauf.

»Wird aber nichts vor Januar.«

»Kein Problem.«

Der Gong ruft nach drinnen. Wir wollen nach dem Essen weiterreden.

Wir Trendgastronomen haben unsere Plätze nahe an den ausgezeichneten Köchen, wir haben die ganze Aufmerksamkeit des Service und immer volle Gläser. Kurz nach dem zweiten Hauptgang bin ich richtig in Fahrt. Es gibt Havel-Zander auf der Haut gebraten an Topinambur-Schaum, Ochsenbackensülze an Waldpilztalern – Essen für Leute, die satt geboren sind. Danach gibt es die Laudatio, die Preisverleihung, und dann wird sich betrunken.

Ich habe Meester an der einen Seite und Lise an der anderen. Ich bin Teil der Wurstkommando-Mission, und die Leute am Tisch sind mein Publikum.

»Wurst«, sage ich. »Das müsst ihr im Ganzen sehen. Wir haben uns in Deutschland in den letzten Jahrzehnten jedem fremden Trend unterworfen, um uns selbst aus dem Weg zu gehen, das Eigene nicht schmecken zu müssen, jedenfalls offiziell nicht – und so ist die Küche; zu Hause blieb heimlich alles beim Alten, Sauerkraut und Roulade, aber in der Öffentlichkeit ist alles gut, was nicht aus Deutschland kommt; jeder versucht, der bessere Italiener, Franzose oder Thai zu sein; der Vormarsch des Döners ist nicht mehr als fehlende Selbstachtung am Spieß; die Wurst von armen Schweinen, die nie mit der Nase im Dreck gewühlt haben, ist der Bodensatz des Selbsthasses, in Plastikdärme gepresst. Aber Wurst verlangt Ehrlichkeit, Aufrichtigkeit, Würde! Alternative Kommando Wurst ist der Anfang eines neuen Selbstbewusstseins – die Welt will deutsche Wurst! Die Amis haben uns die Computer genommen, die Chinesen die Mobilität – die Wurst dürfen wir uns nicht nehmen lassen! Der Zeitgeist dreht Richtung Heimat – dahin, wo die Zipfel stehen. Außer bei den Veganern natürlich, die haben keine Heimat. Die Veganer zerstören die Welt, da müsst ihr aufpassen!«

Es gab eine kurze Pause und dann Szenenapplaus.

Meester hat mich gefragt, wo der gesellschaftliche Resonanzraum der Wurst liegt. Er liegt genau hier: Auf der Schnittstelle zwischen Amuse-Gueule und neuem Nationalismus.

Treffer.

32

Es ist ein windiger Novembertag. Drei Burschen in Daunenjacken lungern vor dem Speicher rum. Sie tragen schwarze Wollmützen über kurzen Haaren und glatt rasierte Gesichter. In ihren Augen brennt nicht übermäßig viel Licht, aber ihre Hände sind kräftig.

»Was macht ihr denn hier?«

»Wir passen auf, Chef«, sagt der eine.

Ich will wissen worauf.

»Auf alles«, sagt der Mittlere mit den grauen Augen. »Deswegen sind wir hier.«

Wer sie geschickt habe, will ich wissen.

Niemand habe sie geschickt. Sie dachten, es wäre gut, wenn sie hier wären, wegen des Angriffs.

Angriff?

Ich schaue mir die Jungs genau an. Einer von ihnen kommt mir bekannt vor.

»Hat euch Ed geschickt?« Ed ist der Inhaber der Autofolienwerkstatt und ein großer Freund des AKW. »Wegen des Spruchs?«

Die Jungs gucken zu Boden, antworten nicht.

Vor ein paar Tagen hat irgendwer MEAT IS MURDER an den Speicher gesprayt. Lise hat sich fürchterlich aufgeregt, wollte irgendjemandem auf die Fresse hauen. Lise hat Fans. Wann immer sie irgendwo hinter der Theke steht, sind sie da. Junge Menschen mit Benehmen, ordentlich, tragen weiße Hemden und Schnürstiefel, Jungs wie Mädchen.

Einmal erzähle ich Lise, dass die EU in Brüssel Coburger Bratwürste wegen Krebsgefahr verbieten will. Lise erzählt das bei nächster Gelegenheit auf dem Markt, die Geschichte geht rum. Wir verkaufen mehr Coburger als jemals zuvor: gegen Brüssel.

So geht modernes Marketing.

MEAT IS MURDER kann mich mal. Wo waren die Schwulen, als der Daesh junge Männer mit verbundenen Augen von Hochhäusern gestoßen hat? Sie haben für die Ehe für alle gekämpft. Also, wer kann ein »The Smiths«-Zitat schon ernst nehmen? Sollen sie kommen und sich den Kajalstift aus den Augen weinen. Mir doch egal.

»Alles gut«, sage ich. »Ihr könnt verschwinden. Wir brauchen hier keinen Schutz.«

»Und wenn wir bleiben?«

»Das ist ein freies Land.« Ich nicke ihnen zu. »Ihr könnt machen, was ihr wollt.«

»In Wurst veritas!«, grüßen die Burschen.

33

Durch unseren Auftritt bei CdJ sind wir in das Netzwerk der gastronomischen Innovatoren reingerutscht – ständig werden wir angefragt. Der Marktwagen läuft wie von selbst, wir werden auf Events eingeladen, haben einen Stand in der Markthalle bei »Wurst & Bier im Advent« und verkaufen unsere Würste in Mengen vakuumiert. Dafür haben wir im Speicher einen Werksverkauf für Selbstabholer eingerichtet. Dort bedient Theresa.

Theresa trägt ein tätowiertes Herz Jesu auf der Brust und einen Pagenschnitt. Immer wenn ich den Speicher betrete, sagt Theresa: »Danke, dass ich dabei sein darf.«

Sie steht vor mir und sagt: »Danke, dass Sie den Menschen die Wurst zurückbringen, Chef. Ich höre das jeden Tag. Will ich Ihnen nur sagen.«

Sie bleibt an meiner Seite, wenn ich in die Werkstatt gehe. »Wenn Völker die Gedanken Gottes sind, dann ist die Wurst unser Manna. Plötzlich verstehe ich, was draußen passiert.«

Ich schaue Theresa an. Ihre Augen sind klar, sie trägt eine graue Bluse mit Falbeln über der Brust. Sie hat lange als Bartenderin gearbeitet, harte Jahre im Nachtleben. Das bleibt nicht ohne Spuren.

»Ja, Theresa«, sage ich. »Zurück an deinen Platz!«

»Ja, Chef.«

Die Kasse klingelt. Wir kaufen einen zweiten Fleischwolf und einen elektrischen Wurstfüller. Wir kaufen weiter einen großen Teil des Fleisches ohne Rechnung. Unseren Lieferanten ist das recht, weil es das System schwächt. Sie halten jedes unversteuerte

Kilo Rind oder Schwein für einen Teil des Widerstandes gegen die da oben.

Da machen wir mit.

Ich bezahle die Ware, Meesters Wohnung, meine Wohnung, immer mal wieder was Schönes für Lise - Schuhe, Kosmetik -, den Speicher mit der Werkstatt, das Auto, Bartosz, unseren Metzger, und was wir alle zum Leben brauchen. Ist nicht viel in Summe. Jeder bekommt eine Handvoll - kleine Scheine und Hartgeld. Wenn es alle ist, gibt es noch eine Handvoll. Solange du mehr einnimmst, als du ausgibst, kannst du gut großzügig sein. Das übrige Bargeld sammle ich in einem Schuhkarton unter der Spüle: Nike Air Max 97, ein Geschenk für Lise.

Sieht aus, als wäre Altersarmut gerade kein Thema.

34

Ein paar Tage vor Weihnachten bin ich in Charlottenburg unterwegs, um Uwe Bockmann, meinen alten Steuerberater, aufzusuchen. Wir sind mit dem Wurstkommando so sichtbar geworden, wir können nicht mehr hoffen, noch lange unterm Radar des Finanzamtes zu fliegen. Und für den Tag, an dem sie uns ins Visier nehmen werden, will ich vorbereitet sein. Wenn du gegen den Strom schwimmst und dir damit nicht nur Freunde machst, dann bezahle besser deine Steuer und brich kein Gesetz. Fahr nicht zu schnell. Beachte die Hygienebestimmungen. Sag allen, dass die deutsche Wurst dein Beitrag zur offenen, bunten Gesellschaft sei!

Uwe freut sich, mich wiederzusehen. Früher segelten wir öfter zusammen auf der Ostsee, rüber nach Schweden oder rund um Bornholm. Heute liege seine Hanse 575 fest vertäut in Stralsund und er bezahle nur noch die Rechnungen, erzählt er. Dafür hat er Büros in Rostock, Dresden und Qingdao. Erst ist er fast angewidert, als ich ihm vom Wurstkommando erzähle. Nachdem ich ihm aber ein paar Zahlen mit seinem Mont-Blanc-Meisterstück auf einen Zettel geschrieben habe, ist er an Bord.

Bockmann hat noch eine GmbH vorrätig, die ich sofort übernehmen kann. Er hat auch ein Konto für uns, das gut mit offiziellem Geld gefüllt ist. Es kostet mich das Anderthalbfache in bar.

Wir sind im Geschäft.

Nach dem Termin schlendere ich noch rum und schau nach einer Weihnachtsüberraschung für Lise. Ich würde ihr gern ein paar Dessous schenken. Denke aber, sie steht nicht auf Strapse und Slip mit Fickloch. Meine kleine Straßenkämpferin will keine Tusse sein. Dann sehe ich Kali und vergesse alles.

Kali sitzt im Schaufenster einer Galerie für asiatische Kunst in der Kantstraße. Sie verkaufen dort goldene Shivas, Glückskatzen, Buddhas und Bodhisattwas. Dazwischen thront Kali. Es ist, als läge ein Licht auf ihr, das ihre Dunkelheit noch schwärzer macht. Kali, die Schwarze, die Göttin der Zerstörung, der Auflösung und der alles verschlingenden Zeit.

Die vierarmige Schönheit ist ein lockendes Geheimnis, die Schädel ihrer Halskette zwinkern mir zu. Ich erkenne sofort Lise in ihr. Kein wurmstichiger Apfel, sondern die Göttin der Zerstörung, der Wunscherfüllung, des Todes, der Erneuerung. Die Herrin der Zeit.

Wer ein Mann ist, muss sie lieben.

Oh ja. Sie ist teuer. Das ist wichtig. Es gibt Dinge im Leben, die dürfen nicht billig sein, um die darfst du nicht feilschen. Dafür musst du zahlen, was gefordert wird!

Meester kaufe ich einen gewachsten Jagdmantel, der innen mit Nerz gefüttert ist. Meesters Hustenanfälle werden immer heftiger, und auch wenn der Winter bis jetzt ein Versager ist, kann noch immer Frost kommen.

Lise und ich überredeten Meester Ende November mit Mühe zu einem Arztbesuch. Er diagnostizierte Asthma. Eine allergische Reaktion, wie er vermutete. Meester bekam ein Notfallspray zum Entkrampfen und die Überweisung zu einem Allergologen. Da ging er aber nicht hin. Er verweigerte die Untersuchungen für eine Hyposensibilisierung. Sagte, er müsse einfach wieder öfter in den Wald.

35

Das Wetter ist auf unserer Seite; der Winter ist ein grauer Frühherbst, es regnet kaum, an Schnee ist gar nicht zu denken, Heiligabend sind es 15°C. Die Leute gehen mit offenen Jacken raus, die Märkte sind voll, die Glühweinstände leer.

Lise und Meester verkaufen die letzten Grobe Kobe des Jahres aus dem Wagen. Grobe Kobe läuft wie verrückt und ist jetzt schon so was wie unser Klassiker. Das ist der Dreh: was Altes servieren, ihm aber einen Twist geben, es neu klingen lassen. Und teurer.

Nach dem Markt sind wir alle drei in der Dessauer Straße verabredet. Ich habe am Morgen noch eine Nordmanntanne gekauft – 20 Euro im Weihnachtsbaum-Schlussverkauf.

Mit Lise ist die Dessauer Straße eine richtige Wohnung geworden; chaotisch, aber lebendig. Meester hat die Küche aufgerüstet – Messer, Vorlegeplatte, Bräter. Seit Stunden gart eine Wildschweinkeule bei 80° in Rotwein. Ich schaue noch mal bei www.Chefkoch.de nach. Ich habe ein paar Flaschen Shiraz und Primitivo gekauft. Die Geschenke liegen eingepackt unterm Bett.

Weihnachten ist Frieden über den Schützengräben.

Weihnachten ist ein Fest in Gemeinschaft.

Weihnachten ist das Fest des Lichtes, die Achse der Welt, die Ruhe vor dem Sturm. In Sachsen, wo ich aufwuchs, ist Weihnachten der Mittelpunkt des Jahres. Kein Führergeburtstag und kein SED-Parteitag haben das je ändern können.

Die Wohnung riecht nach Braten. Ich habe Kerzen angezündet. Nachdem Lise geduscht und Meester noch an der Soße gearbeitet hat, rufe ich zu Tisch. Es gibt keinen Tisch. Wir setzen uns auf den Boden. Ich bitte Meester, die Keule zu tranchieren. Er tut es mit großem Ernst, sein Entbeinmesser in sicherer Hand. Er nickt anerkennend, als er mir die erste Scheibe auf den Teller legt. Ich bedanke mich. Draußen wird es dunkel und still, die meisten Ferienwohnungen sind Heiligabend nicht vermietet.

Wir trinken erst das Bier, das Meester mitgebracht hat, dann den Wein, danach gibt es Bescherung.

Es ist wie ein Fest für Waisenkinder, Futter für die vernachlässigten Seelen. Ich bin das Christkind. Ich gebe Lise und Meester das Gefühl von uneigennütziger Liebe. Sie werden sich mit Loyalität revanchieren. Ich bin Berater. Auch Jesus hat ein Ziel: das Reich Gottes.

Meester hält den Mantel ganz ehrfurchtsvoll vor der Brust. Ich muss ihn drängen, ihn anzuziehen. Großartig. Er sieht darin aus wie ein Offizier auf dem Weg nach Stalingrad.

Lise kniet vor der Kali-Statue und heult.

»Stimmt was nicht?«, frag ich vorsichtig.

»Stimmt alles, du Arsch.« Lise schluchzt. »Nur hat mir noch nie jemand so was geschenkt – so was Besonderes!«

Ich erzähle Lise und Meester so viel von Kali, wie ich weiß – Herrin der Zerstörung und der Wiedergeburt, die eine Hand zum Segen erhoben, die andere formt ein Mudra des Trostes. Die Hand mit der Sichel für die Ernte am Ende der Zeit, aber auch, um Verwirrung und Bindung an falsches Leben zu durchschneiden.

Woher ich das alles weiß?

Als Berater weißt du viel, von dem du nicht weißt, wann du es mal brauchst.

Die Blutschale in der vierten Hand war für das Opferblut.

Plötzlich hat Meester sein Entbeinmesser in der Hand, zieht es sich quer über die linke Handfläche und lässt das Blut in die goldene Schale tropfen. Das ist heftig, und noch heftiger wird es, als er mich anschaut und nach meiner Linken greift.

Ich überlasse mich ihm. Der Schnitt ist nicht zu spüren. Mein Blut tropft auf das von Meester in die Schale.

Lise hält ihre Hand hin.

Meester und ich schütteln den Kopf.

»Du darfst es trinken!«

Auf Lises Gesicht tanzen Licht und Schatten. Ihre Brüste sind Brücken, der Aquamarin an ihrem Hals glänzt wie eine Träne.

Blut tropft in die Schale.

Später liegt Lise mit blutverschmiertem Mund zwischen Meester und mir auf dem Bett.

Wir sind satt, ich kann nicht vom Wein lassen, bin schon mittelschwer besoffen. Auf Radio Eins spielen sie die hundert unheiligsten Rocksongs. Alles perfekt, eine Flasche geht noch. Die ist zu viel, und ich mache einen Fehler: Ich erzähle mit schwerer Zunge, wie im Arsch ich letztes Weihnachten war, was für ein Scheißleben ich hatte – ein vegetarisches Aufziehmännchen, ein Versager, der keinen ordentlichen Exit hingekriegt hatte, aber immer noch versuchte, auf den politisch korrekten Zug in eine weiße, aseptische, identitätslose Zukunft aufzuspringen – klein und jämmerlich.

»Danke, Meester!«, lalle ich. »Das verdanke ich alles dir! Danke Lise, danke!«

Ich fange an zu heulen.

Ich will Mitleid.

Ich will Verständnis.

Ich will 'ne Pause, für'n Moment die Kontrolle abgeben.

Keine gute Idee.

Ich merke nicht, wie peinlich es Meester und Lise ist, mich so zu sehen. Lise streichelt halbherzig meine Hand. Meester wird unruhig, meint, er brauche jetzt kalte, klare Luft.

»Bleib doch«, bettle ich.

Ich spüre, dass was nicht stimmt.

Unangenehmes Schweigen.

Ich rappele mich auf, touchiere den Türrahmen, schaffe es gerade noch aufs Klo, um zu kotzen. Ich komme wieder zu Luft, werde wieder klar, wasch mir das Gesicht mit kaltem Wasser.

Ich bin höchstens fünf Minuten weg, vielleicht zehn.

Als ich wieder aus dem Bad komme, bin ich allein.

Lise hat der Kali eine Kerze angezündet, wie ich es ihr gesagt hatte.

»Meester!«, rufe ich. »Verdammt noch mal, Lise!«

Nichts.

Sie kommt in dieser Nacht nicht zurück und nicht in der nächsten. Ich habe Zeit, nachzudenken.

Es war ein großartiger Abend. Warum ist er gekippt?

Dein Fehler. Du hast die Mühseligen und Beladenen eingeladen. Die ertragen es nicht, wenn sich herausstellt, dass du so bist wie sie.

Die verzeihen dir keine Fehler.

Sie können mit deiner Dankbarkeit nichts anfangen.

Sie wollen nicht deinen Respekt, sie wollen deine Gnade.

Sie wollen dich groß sehen, weil sie selbst vergessen haben, groß zu sein.

Du bist ihre Orientierung.

Du bist ihr Halt.

Ihre Leichen im Keller legen sie auf deinen Altar. Ihren erfahrenen Missbrauch legen sie auf deinen Altar. Ihren vollzogenen Missbrauch legen sie auf deinen Altar.

Sie wollen nicht frei sein.

Sie wollen geführt werden.

Sei streng mit ihnen, oder mach dich vom Platz. Feuer wird mit Feuer bekämpft.

Halt es aus, spricht Kali.

Kali kann nichts anderes, als die Wahrheit sagen. Kali ist Wahrheit.

Schwache Seelen ertragen keine Schwäche.

Schwache Seelen wollen Stärke.

36

Lise kommt drei Nächte später. Sie weckt mich aus einem unruhigen Schlaf. Sie weckt mich aus Albträumen. Sie weckt mich aus meiner Sehnsucht. Sie bringt ein schlankes, brünettes Mädchen mit. Die hat sie in einem Club getroffen.

Die beiden Mädchen sind verschwitzt, haben Pupillen wie Wagenräder, riechen nach Wahnsinn und Schnaps, lassen ihre Mäntel auf den Boden fallen.

Ich bin froh, Lise zu sehen.

Lise schaut mich provozierend aus ihren rot unterlaufenen Augen an: »Is was?«

Ich trete einen Schritt zurück. Ich habe das in Gedanken geübt. Ich habe mir Kalis Lektion zu Herzen genommen: *Sie können mit deiner Dankbarkeit nichts anfangen. Sie wollen keinen Respekt, sie wollen um deine Gnade betteln.*

Die harte Tour.

Ich haue ihr ansatzlos eine Schelle, dass ihr Kopf nach links fliegt und sie zwei Schritte zur Seite taumelt.

So was steckt meine kleine Schlampe weg. Ich sehe, wie sie den Kopf senkt, schnaubt, die kleinen Fäuste ballt und auf mich zustürmt.

Im Zweifel gewinnt der Boxer mit der größeren Reichweite und dem höheren Gewicht. Ich setze ihr einen humorlosen Schlag aufs Brustbein. Du schlägst Frauen nicht mit der Faust ins Gesicht, das machst du nicht!

Lise wird von meinem Schlag gestoppt, japst nach Luft.

Das fremde Mädchen starrt mich mit aufgerissenen Augen an.

»Was willst du kleine Schlampe?«, frage ich.

Ich werde Zeuge einer Verwandlung, wie Kali sie mir versprochen hat. Lise schaut in mein abweisendes Gesicht, auf meine geballte Faust. Irgendwo in ihrem Hirn legt sich ein Schalter um, ihr Panzer beginnt zu bröckeln. Darunter ist sie nackt. Ihre Lippen stülpen sich nach außen. Ihr geöffneter Mund saugt Luft ein, sie hechelt, ihre Zungenspitze leckt das Blut von der Lippe, die von der Schelle geplatzt ist.

Kleinmädchenstimme: »Dich?«

Wann immer sich irgendwo ein Schalter umlegt, legt er sich auch in dir um. Du bist Berater. Du spiegelst Leute, um ihnen Nähe vorzuspielen; Atmung, Herzschlag, durchs Haar streichen, sich räuspern. Das ist in dir drin, das merkst du schon nicht mehr, so oft hast du das gemacht. Das ist die Wahrheit der Wurst: Tut es nicht weh, ist es nicht wahr. Schmerzfreie Geburt, schmerzfreier Tod, Liebe ohne Gewalt – alles Lüge.

Ficken ohne Gewalt ist Bestäubung.

Gebären ohne Schmerz ist Knospung.

Der schmerzfreie Tod ist eine Illusion. Der Schmerzensschrei des Urknalls ist immer noch im Universum zu hören. Jede Elektronenröhre macht ihn sichtbar. Der Schmerz des Universums heißt weißes Rauschen. Es ist überall.

Lise schaut auf den Boden. Ich sehe das Lächeln der Vorfreude um ihre Lippen spielen.

»Es tut mir leid«, flüstert Lise.

»Was?«

»Es tut mir leid.«

»Was tut dir leid?«

»Alles.«

Sie wollen deine Gnade. Sie wollen dich groß sehen, weil sie selbst vergessen haben, groß zu sein.

Das Mädchen, das mit Lise gekommen ist, heißt Ivana. Sie ist ein Geschenk für mich, weil Lise böse war, erklärt Lise; ich möge es bitte annehmen.

»Zieh sie aus!«, sage ich.

Lise zieht Ivana für mich aus, bringt sie zu mir.

Ich zeige, dass ich verzeihen kann. Ich küsse Ivana. Ich will, dass Lise sieht, wie tief ich Ivana küsse, wie ich mit meiner Zunge in sie eindringe, den chemischen Geschmack von Methamphetamin aufnehme. Ich gehöre zu der Generation, die Chemie überall rausschmeckt. Das Phänomen der Co-Abhängigkeit, des Co-Rausches: Wir müssen alle Schwimmkörper abwerfen, alles, was uns an der Oberfläche hält. Nur so gewinnen wir an Tiefe.

Lise schmiegt sich nackt von hinten gegen mich und beginnt, meinen Schwanz zu wichsen. Mit der anderen Hand spielt sie an Ivanas Möse. Ivana stöhnt. Ihr Bauch zittert, während ich mich an ihr reibe. Wir taumeln Richtung Bett, fallen auf die Matratze.

Lise reißt mir die Shorts runter, während ich zwei Finger in Ivanas klebrige, stoppelige Fotze stecke.

Lise hebt ein Bein, setzt sich rittlings auf mein Gesicht, beugt sich rüber zu Ivana und beginnt, ihr die Zunge in den Hals zu stecken. Mit der Rechten sucht sie Ivanas Hand und drückt sie auf meinen Schwanz, damit sie ihn wichst. Währenddessen fickt sie Ivana mit der Hand. Dann packt sie das Mädchen plötzlich an den Haaren, reißt ihren Kopf zurück und gibt ihr eine klatschende Ohrfeige.

Lise schaut zu mir, will Bestätigung.

Ich nicke ihr zu.

Sie steigt von mir runter, zerrt Ivanas Gesicht an den Haaren zu meinem Schwanz und beginnt, mich mit Ivanas Kopf zu ficken. Ivana würgt, Speichel fließt ihr aus der Nase und den Schaft meines Schwanzes runter.

Lise lacht hart, wirft mir einen sardonischen Blick zu: »Verzeihst du mir, Papa?«

Sie reißt Ivanas Kopf zurück, damit sie Luft schnappen kann, und drückt ihren Schlund wieder auf meinen Schwanz, bis das letzte Stück Wurzel zwischen Ivanas aufgerissenen Lippen verschwunden ist.

Ich schaue fasziniert zu, wie Ivanas Kopf gegen mein Schambein hämmert, presse die Arschmuskeln zusammen, um meinen Schwanz noch härter zu machen, voller Interesse zu sehen, wie weit das geht. Als Ivanas Hals zu platzen droht, zerrt Lise Ivanas Kopf wieder nach oben, schlägt sie zweimal ins Gesicht, wirft das Mädchen rücklings aufs Bett, bittet mich, sie von hinten zu ficken, während sie ihren Kopf zwischen Ivanas Schenkel steckt. Sie beginnt, Arsch und Möse mit Zunge, Zähnen und Finger zu bearbeiten, bis Ivana einen schreienden Tanz im Liegen aufführt. Fasziniert halte ich Lises Arsch von hinten umklammert und starre.

Die Stille danach, wenn der eigene Körper ausklingt, sich das Blut beruhigt: kosmisch.

Lise hat mich »Papa« genannt. Ihre Mutter ist Vegetarierin. Ihr Vater hatte seine kleine Tochter sehr lieb. Der Wille zum Fleisch – wird mir mit einem Mal alles klar; keiner kommt ohne Schaden aus diesem Leben.

»Raus!«, sage ich.

»Bitte?« Ich höre den Schreck in Lises Stimme.

»Schmeiß die kleine Schlampe raus«, sage ich. »Ich will dich.«

Lise kommt dem Befehl sofort nach. Sie packt die völlig kaputt gespielte Ivana, zerrt sie taumelnd hinter sich her zur Tür und stößt sie ins Treppenhaus. Ihre Klamotten, oder was sie davon findet, wirft sie ihr nach.

Weil niemand im leeren Haus auf ihr Klopfen, Schreien und Wimmern reagiert, gibt Ivana nach einer Weile auf.

Lise ist da schon lange eingeschlafen.

Ich liege wach, streiche über ihren Rücken.

Sie wollen nicht frei sein. Sie wollen geführt werden.

Ich überlege, eine Leine zu kaufen. Ich denke, Lise sollte ihren Kleidungsstil wechseln – weiblicher. Sie soll ein richtiges Gretel werden.

37

Drei Wochen nach Silvester ruft Dr. Zwänger an. Er macht mir ein Angebot. Es ist die ehemalige Betriebskantine im alten Hertie-Kaufhaus in der Karl-Marx-Straße in Neukölln. Ich sage Meester, wann er wo zu sein hat. Damit ist das auch geklärt.

Meester ist von der Küche begeistert, Lise vom Keller, ich von der Lage.

Die Kantine bekommt 3 × Ja.

Die Wochen vor der Eröffnung sind wie ein Ultramarathon, den du direkt aus einer Raucherkneipe startest. Die Lunge pfeift, nach hundert Metern tut schon alles weh, aber Aufgeben ist keine Option.

Wir holen die Polen. Die Polen sind Bartoszs Leute. Bartosz kommt aus einem Dorf in Ostschlesien und hat jede Menge Familie und Freunde, die alle Handwerker sind. Sie haben schon in England und Holland gearbeitet. Sie verputzen und malern, installieren die Küche, schlafen auf dem Fußboden, essen Würste, trinken Bier in Mengen und machen keine Pause.

Weil es keinen Gasanschluss gibt, rüsten wir auf Propan um. Meester meint, es gibt nichts Besseres zum Kochen als Propan. Ich mag Propan nicht. Ich habe als Kind miterlebt, wie die Datsche von Freunden meiner Eltern in die Luft flog. Meester meint, das sei alles viel sicherer geworden.

Propan ist Propan.

Die Polen schleifen und lackieren Stühle und Tische, die wir auf dem Trödel zusammengekauft haben; Dinge mit Seele, Dinge mit Geschichte, Wackelbeine und sichtbare Farbschichten. Ich will nichts dem Zufall überlassen, kein anonymer Style, sondern

Scharten im Holz, Gießkannen aus Weißblech, Aluminiumtabletts, keine Gabel wie die andere. Heimat – das Gegenteil von McDonald's und Starbucks. Heimat hat Scharten, hat Leichen im Keller, darf schrabbelig sein. Heimat erlöst vom Zwang der Perfektion. Das Wurstkommando ist Graswurzelbewegung; ehrliche Menschen tun ehrliche Dinge mit ehrlichen Produkten: In Wurst ist Wahrheit.

Zwei Wochen vor der Eröffnung kommt unser Logo. Ich habe es bei »Rudis Eisenmeisterei« aus rostigem Stahl schneiden und lasieren lassen. Die Polen befestigen es mit sechs Dübeln an der Wand. Es sieht mächtig aus. Es ist mächtig. Es macht den Keller zur Kommandozentrale.

Wir stellen die Stühle auf.

Wir stellen die Tische auf.

Wir montieren die Lampen.

Wir hängen eine Wand voll mit alten Kuckucks- und Küchenuhren.

Wir lassen den bösen Wolf als Wandmalerei bei den Klos um die Ecke gucken.

Wir zünden den Grill an.

Wir braten den Bräter ein.

Wir bestücken den Kühlraum.

Wir zapfen das erste Bier.

Die Uhr tickt.

38

In der Nacht vor der Eröffnung bitte ich Lise, mich ins Restaurant zu begleiten.

Als Kind war ich voller Angst im Keller. Der Geruch von keimenden Kartoffeln und Kohle machte mir Angst; hinter alten Möbeln lauernde Ungeheuer machten mir Angst, Schatten machten mir Angst. Knarren und Scharren machten mir Angst.

Keine Angst mehr.

Das Leben braucht den Schrecken. Er wohnt im Fleisch, im Tod. Er ist es, der lebendig macht. Der Körper braucht den Schrecken, damit er weiß, dass er ist.

Das Bier fließt danach besser.

Ich trage meinen Paul-Smith-Anzug und habe meine Krawatte, die einzige, die den Umzug überlebt hat, umgebunden. Lise trägt ein Kleid unterm Mantel und schwarze Pumps, die ich ihr für diesen Anlass gekauft habe. Ich lasse das Licht aus, als wir die Tür öffnen. Ich habe eine Tasche voller Teelichter mit. Eines davon ist für Ivana, das Mädchen, das Lise aus dem Club mitgebracht hat.

Junge, halb nackte, mit Drogen vollgepumpte Mädchen werden manchmal am frühen Morgen auf der Leipziger Straße von Autos überfahren. Urbanes Restrisiko. So was steht dann in der Zeitung.

Lebensrisiko.

Jedes gute Fundament braucht ein Opfer.

Ich positioniere die anderen Kerzen vor unserem Namen, bitte Lise, sich auf einen Stuhl zu setzen.

Ich nehme den Eimer mit schwarzer Farbe, den ich mir habe zurechtstellen lassen, und den feinen Schriftpinsel.

Neben die Tür schreibe ich mit tropfender Farbe: *Wir bestimmen, wer reinkommt.* An den Tresen schreibe ich: *Wir haben uns das selbst erarbeitet!* Etwas kleiner darunter: *Wem wir nicht passen, dem passen wir uns nicht an.* An die Wand unter die Kuckucksuhren: *Wer hart arbeitet, darf hart feiern.* Neben den Durchgang zur Küche: *Nichts gegen Inzucht, solange es in der Familie bleibt.* An die Wand mit der süßlichen Landschaft: *Der Tod der Anderen gehört zum Leben!*

Ich unterschreibe mit »AKW«.

»Was ist das?«, fragt Lise.

»Das sind die Regeln«, erwidere ich. »Ohne Regeln keine Identität: Wir sind wir!«

Ich nehme Lise den Mantel ab.

Wir stehen Hand in Hand vor unserem Feldzeichen. Es ist still hier und dann knackt ein Heizungsrohr, der Verkehr von der Straße ist nicht mehr als ein Murmeln. Ich atme tief durch, hebe die Hand und strecke mich nach vorn, um das Metall zärtlich zu berühren:

»Alternative Kommando Wurst«, deklamiere ich. »Das Aufziehmännchen in mir ist gestorben. Der Versuch, allen gefallen zu wollen, ist gestorben. *Du bist einzigartig* und *wunderbar* ist gestorben. *Entfalte dein volles Potenzial* ist gestorben. Wenn was stirbt, kommt was Neues. Dann begreifst du, dass die ganze Zukunft nicht mehr ist als ein Versuch, dir noch mehr Dinge zu verkaufen, die du sowieso nicht brauchst; dass du alles, was wichtig ist, schon mal gehabt hast, dass das Leben einfach ist wie Wurst. Es hat einen Anfang und ein Ende, egal von welcher Seite du es anbeißt. Sie versuchen, dir einzureden, dass es mehr wird, je mehr du davon isst. Sie lügen sich das Leben ewig. Aber was ewig ist, ist nicht lebendig. Wir machen es hier und jetzt – Wurst und Sex. Das Gegenteil von in der Welt zu Hause: Heimat, ein Ort zum Sterben!«

Ich lasse Lises Hand los, öffne den Reißverschluss meiner Hose und hole meinen Schwanz raus. Er ist warm und weich. Lise geht auf die Knie und beginnt, ihn zu lutschen.

Ich stecke die Hände in die Hosentaschen und schiebe das Becken vor; ich wollte schon immer in diesem Anzug einen geblasen bekommen; starre auf die kantige Schrift, den wuchtigen Rahmen, während mein Schwanz unter Lises Fürsorge immer härter wird.

Ich bitte Lise aufzustehen.

Ich drehe sie um, ziehe sie an der Hüfte an mich ran und drücke ihren Kopf runter, bis sie sich mit den Händen an unserem Feldzeichen abstützen muss. Ich mache einen Schritt zurück, genieße das Bild. Ihre Kniekehlen sind durchgedrückt, ihr Arsch spannt sich unter dem dunkelgrünen Kleid. Ich schlage den Stoff hoch und entblöße ihren Arsch und ihre Möse. Der Winkel ihrer geöffneten Beine, ihre schöne Vagina, die beiden Backen ihres Arsches, der Strang ihrer Wirbelsäule, der vom Kreuz aus direkt auf das Kommando zuläuft – es ist von perfekter Symmetrie.

Was ist Schönheit anderes als Symmetrie, ein Hauch von Ordnung im ganzen Chaos?

Was ist Sex anderes als Unterwerfung unter die Macht des Lebens?

Was ist Unterwerfung anderes als der Wille, überleben zu wollen?

In jedem Menschen schlummert die Bereitschaft, auf die Knie zu gehen. Besonders in denen, die im Rücken steif sind. Wenn die einmal unten sind, kommen die gar nicht mehr hoch!

Ich dringe in Lise ein, ficke sie mit langen, ruhigen Stößen. Als ich spüre, wie Lise langsam den Berg hinaufsteigt, löse ich meine Krawatte. Ich knüpfe eine Schlinge daraus und legte sie Lise um den Hals. Ihr Körper erschauert unter der Berührung der kühlen Seide. Dann ziehe ich zu. Ihre Hände krampfen, sie röchelt, ihre Knie beginnen zu zittern, und dann, ich öffne die

Schlinge keinen Moment zu früh, bricht sie mit einem tiefen Röhren zusammen.

Ich knie mich neben sie, liebkose sie, lecke ihr den Sabber aus dem Gesicht, während mein Samen aus ihrer offenen Scheide auf den Boden tropft.

39

Irgendwas stört die Schönheit des Momentes. Ich kann es spüren. Es kratzt von außen an der Aura.

»Warte mal«, flüstere ich Lise ins Ohr. »Da is was!«

Ich zerre meine Hose hoch, hake den Gürtel ein und bin mit ein paar schnellen Schritten an der Tür.

Seit drei Tagen prangt von außen über dem Eingang unser Wurstkommando-Schriftzug. Noch unbeleuchtet, aber das wird sich ab morgen ändern.

Kaum bin ich aus der Tür, sehe ich die Bescherung: Drei Typen mit Hasskappen über dem Kopf machen sich an unserer Fassade zu schaffen.

Sprayer!

Autonome Wichser!

Ich stoße ein kehliges »Ey« aus.

Die Typen starren mich erschrocken aus ihren Sehschlitzen an. Einer hält gerade eine Schablone gegen die Wand, deren ausgeschnittene Buchstaben von dem Kleinsten der drei mit Farbe ausgesprüht werden. Der dritte Lurch steht Schmiere, hat aber nicht mit meinem Aufkreuzen aus dem Inneren des Kellers gerechnet. Für einen Augenblick steht es patt im fahlen Zwielicht.

Ein Bus fährt vorbei.

Eine Nachtigall singt.

Von drinnen ruft Lise fragend, was los sei.

»Wir werden angegriffen!«, schreie ich zurück.

Vielleicht ist das etwas martialisch, aber es entspricht meinem Gefühl. Und weil ich tue, was ich fühle, gehe ich zum Angriff über. Ich trete dem Kleinen mit der Spitze meines Fußes voll in die Nieren. Ihm entweicht Luft, er sackt kurz weg, lässt die Spraydose fallen, seine Kumpel fangen ihn auf, die Schablone liegt auf dem Boden, und dann treten die Arschnasen den Rückzug an, nicht ohne wüste Flüche gegen mich auszustoßen.

Um sie zu verfolgen, fehlt mir die Kraft, ich bin nicht mehr 20 und habe gerade koitiert.

Lise kommt heraus, will wissen, was passiert sei.

»Guck dir das an!« Meine Hand zittert. »Was für eine verfickte Scheiße!«

Mit großen schwarzen Lettern, frisch glänzend und mit laufenden Farbnasen steht zweizeilig gleich neben unserem Eingang:

WURST

FASCHISTEN

Faschisten, also bitte! Klar haben wir uns in den letzten Monaten nicht nur Freunde gemacht. Wenn du gegen den vegetarisch-veganen Mainstream marschierst, machst du dir nicht nur Freunde. Das hat schon auf dem Kollwitzmarkt angefangen, wo ein Teil des heterophoben Publikums begann, sich an unseren Gästen zu stören, weil sie ihren Humor nicht teilten.

Das Graffito hier ist eine Kriegserklärung. Einerseits. Anderseits ist es auch ein Zeichen, dass wir wahrgenommen werden: viel Feind, viel Ehr.

»Du hast die Arschlöcher voll in die Flucht gejagt.« Lise knufft mich leicht und schmiegt sich an mich.

Ich genieße ihre Umarmung, zeige gegen die Wand: »Das können wir nicht stehen lassen. Da sind wir heute Abend schon tot. Niemand kauft beim Faschisten, verstehst du? Nicht mal die Faschisten – die behaupten alle, Antifaschisten zu sein. Scheiße.«

»Putzen?«

»Is Lack. Kriegen wir nicht weg.«

Lise und ich halten uns im Arm, starren auf das Graffito, hinter uns schwillt der Verkehr der Karl-Marx-Straße langsam Richtung

Morgenverkehr an, und in ein paar Stunden werden wir aufmachen. Seit jener Nacht mit Ivana ist unsere Beziehung viel einfacher geworden. Es braucht immer eine Weile, bis jeder seinen Platz findet.

»Kannst du mir bitte den Eimer Farbe und den Pinsel bringen, die ich eben benutzt habe?«

Lise bringt beides.

Als wir abgeschlossen haben und endlich auf dem Weg nach Hause sind, prangt neben der Tür:

WURST
gegen
FASCHISTEN

Verarscht nicht die Verarscher, ihr Spacken!

40

Dass wir in ein paar Stunden aufmachen können, verdanken wir der Energie der Gretels.

Lise hat die Gretels gerufen. Es sind frühere Kolleginnen, Freundinnen. Lise hat sie aus der ganzen Republik zusammentelefoniert. Sie sind alle gekommen. Ich frage Lise später, was sie ihnen versprochen hat.

»Ein Zuhause«, sagt Lise.

Zwei Wochen davor.

Ich lerne die Mädchen kennen, als Lise mit ihnen auf der Baustelle steht, angestrahlt vom vollen Licht der Bauscheinwerfer. Alle vier tragen Turnschuhe, hautenge Jogginghosen und schwarze Oberteile. Drei von ihnen haben den linken Arm tätowiert. Sie sind älter als Lise, nennen sie »Küken«. Die Polen scharwenzeln um sie herum, werden aber mit der Ansage, sie hätten ihnen jetzt lange genug auf ihre Ärsche geglotzt, zurück zur Arbeit gescheucht. Eines der Mädchen, groß, mit langen, tief schwarzen Haaren und scharfen Augenbrauen, hebt ihr Shirt, um ihre Brüste zu zeigen.

»Tadellose Titten«, sagt sie.

Es sind tadellose Titten.

»Noch stehen sie«, sagt sie. »Aber die Schwerkraft gewinnt! Bis dahin muss ich mir was Solides aufgebaut haben. Oder genug Kohle für eine OP haben.«

Sie packt unter ihre Brüste und wackelt damit. Die Frauen biegen sich vor Lachen und klatschen Beifall.

Ich klatsche ebenfalls.

»Moin die Damen, werdet ihr hier reich an Kohle?«, frage ich rhetorisch. Ich gebe selbst die Antwort: »Ich denke ja, aber versprechen kann ich das nicht. Versprechen kann ich, dass es hier Freundschaft geben wird, Ehrlichkeit, Gemeinschaft, dass hier jede so viel verdienen wird, dass es sich gut davon leben lässt. Ihr seid willkommen, Gretels!«

»Wieso Gretels?«

»Deutsche Wurst, deutsche Märchen, Jungs und Mädels – Hänsel und Gretels.«

Die Mädchen schauen mich an, dann applaudieren sie.

Lise stellt mich vor.

Lise ist nicht mehr das pampige Mädchen, das vor dem Imbisswagen der Bloggerin aufs Maul hauen will. Lise hat gelernt, Ansagen zu machen. Lise wird schnell auch mal ungeduldig. Sie ist die Frau, die den Chef fickt. Das Küken hat sich entwickelt, das sehen die Frauen.

Die Frau mit den Hammertitten ist Ewa. Sie kommt ursprünglich aus Finsterwalde, hat in der Schweiz eine Gastronomielehre abgebrochen, dann gejobbt, die letzten Jahre als Webcam-Girl.

»Danke, dass ich dabei sein darf«, sagt Ewa.

Mascha, weißblond und saftig, ist mit ihren Eltern als Spätaussiedlerin aus Mariupol, Ukraine, nach Deutschland gekommen. Ihre Ausbildung zur Tänzerin musste sie wegen eines gebrochenen Beines aufgeben; sie jobbte danach als Tänzerin in Videos und Varietés, als Go-go und Bartenderin. Sie bewegt sich immer noch wie eine Tänzerin.

Katy kommt wie Lise aus dem Pott, sie ist Bäckertochter. Als ihre Eltern den Laden an eine Kette verkaufen mussten, warf sie das aus der Bahn. Sie hatte ein paar Jahre Probleme mit Meth, erzählt Lise, da haben sie sich kennengelernt. Katy hat das mithilfe von Sport in den Griff bekommen. Die letzten Jahre hat sie als Fitnesscoach und Animateur in verschiedenen Ferienclubs gearbeitet. So sieht sie aus.

»Danke für das Vertrauen.«

Nina, nordisch rotblond und voller sexy Sommersprossen, hat

ein paar Jahre in Stralsund BWL studiert, brach dann ab und fiel der Saisongastronomie anheim – im Sommer an der Küste, im Winter in den Alpen.

»Wurst ist Wahrheit!« Sie lacht.

Ich bedanke mich. Ich mag die Gretels auf den ersten Blick. Sie sind eine Mischung aus Muttis, Krankenschwestern und Internethuren.

Sie sagen: »Ich muss mal scheißen.«

Sie sagen: »Wenn ich nicht bald gefickt werde, dreh ich durch.«

Sie sagen: »Laber nicht rum, Alter. Sag einfach, was du willst.«

Sie tragen enge Shirts, hautenge Jogginghosen und blitzsaubere Nike-Sneakers. Sie haben die Namen ihrer arabischen Liebhaber übertätowiert. Sie haben die Nasen von Südländern voll. Sie sind klug genug zu wissen, dass sie im Arsch-und-Titten-Business nicht mehr lange vorn mitspielen werden. Also binden sie die Haare hoch, streifen sich Handschuhe über und fassen mit an.

Sie fassen richtig mit an.

Sie machen allen Feuer unterm Arsch. Sie nehmen die Fahne und gehen voran. Sie wissen, dass die Welt kein Ponyhof ist. Sie haben ihre Erfahrungen in einem Alter gemacht, in dem die Narben noch gut verheilen, aber sichtbar bleiben.

Gretels voran!

41

Meester und ich stehen vor dem Restaurant und begutachten das Graffito. Ich habe ihm erzählt, was letzte Nacht passiert ist.

Meester schüttelt den Kopf. Er findet es schade, nicht selbst dabei gewesen zu sein. Er tätschelt sein Entbeinmesser. Er will wissen, was der Spruch für uns bedeutet; ob wir jetzt Antifaschisten seien und was das alles mit Wurst zu tun habe.

»Antifaschisten sind wir nicht«, sage ich. »Antifaschisten sind Faschisten, die aus der Vergangenheit gelernt haben. Da musst du vorsichtig sein. Wir sind Handwerker.«

Wir sind für Heimat, für Region, für richtige Nahrung; wir sind gegen Globalisierung, gegen internationalisierte Gen-Nahrung, gegen Nestlé und für freien Zugang zu Trinkwasser für alle Menschen.

»Was wir ganz entschieden sagen können: Wir sind gegen Veganer. Veganer machen die Welt kaputt!«

Ich habe einen Aufkleber anfertigen lassen: VEGANER MÜSSEN DRAUSSEN BLEIBEN.

Ich klebe ihn auf die Tür, nur ein kleines Stück vom Graffito entfernt. Jetzt steht da:

WURST
gegen
FASCHISTEN

VEGANER MÜSSEN DRAUSSEN BLEIBEN.

Meester grunzt.

Ich finde, diese inhaltliche Aufladung lässt jede Menge Spielraum für Interpretationen.

Wir gehen rein.

Wir haben die Eröffnung auf 19.00 Uhr angesetzt.

Am Morgen war schon die Hygiene da, das Bezirksamt auch, wir haben alle nötigen Stempel und Papiere zusammen.

Ich klatsche in die Hände: »Kommt mal alle.«

Ich lasse die ganze Truppe im Kreis antreten. Bevor es in die Schlacht geht, musst du deinen Leuten erklären, warum sie unsterblich sein werden. Du musst sie motivieren. Du musst es ihnen einfach machen.

»Ihr habt euch vielleicht gefragt, was die Sätze an den Wänden sollen und wer das war. Das waren Lise und ich. Wir haben hier letzte Nacht das heilige Ritual der Vereinigung vollzogen. Wir haben den Laden quasi scharf gemacht!«

Ich mache eine Pause, damit gekichert werden kann. Danach erkläre ich die Regeln, die ich an die Wand geschrieben habe.

Erstens: *Wir haben uns das selbst erarbeitet!*, heißt, jeder hier hat seinen Beitrag geleistet. Jeder kann darauf stolz sein. Dafür trägt auch jeder Verantwortung – wir gemeinsam. Und deshalb gilt: *Wir bestimmen, wer reinkommt.* Zweitens!

Klar?

Applaus.

Drittens: *Wem wir nicht passen, dem passen wir uns nicht an.* Geh woandershin, wenn es dir hier nicht gefällt, heißt das. Wir werden jedenfalls nichts anders machen, denn wir wollen es genau so!

Gejohle.

Viertens erklärt sich von selbst: *Wer hart arbeitet, darf hart feiern.* Kein Kommentar.

Ihr seid schöne Menschen, ihr werdet euch nahekommen – solange es die Familie nicht kaputt macht, ist es völlig egal, wer wen vögelt. Wenn es das Klima vergiftet, ist es das Ende. Fünftens. Ich zeige auf *Nichts gegen Inzucht, solange es in der Familie bleibt*.

Für alle verständlich?

War es.

Sechstens: Wir essen hier Tiere. Wir haben Achtung vor ihrem Tod. Das bedeutet: *Der Tod der Anderen gehört zum Leben!* Keine Entschuldigung. Wir hören auf, vor dem Tod wegzulaufen.

Ich mache eine Pause, schaue in die Gesichter. Meester glänzt leicht fiebrig. Seine Lippen flüstern lautlos das heilige Mantra: Wurst. Lise schaut lächelnd auf den Boden, die Arme vor der Brust verschränkt. Nina schaut mich mit glänzenden Augen an. Auf ihrer weißen Haut schimmern die Tattoos wie frisch gestochen. Katy hält die Augen geschlossen und den Körper gerade. Ewa klatscht tonlos in die Hände. Mascha lehnt sich gegen Beppo, unseren Italiener mit albanischer Biografie, der den Tresen macht. Beppo spricht ein Gebet.

»Danke, dass ihr da seid!«, sage ich, und dann schreie ich: »Wurst!«

Alle schreien zurück: »Ist Wahrheit!«

42

»Alle Hähne laufen! Yes, Sir, Chef, Sir!« Beppo macht hinter der Zapfanlage den Dicken. Zielgruppe für ihn: Schwule und Mädchen.

Die Gretels sehen zum Anbeißen aus. Sie tragen alte FDJ-Blusen, die wir im Trödel gekauft haben. Die BDM-Jacken sind leider zu warm für die Arbeit. *Scherz!* Die aufgehende Sonne des FDJ-Zeichens auf den Ärmeln der Blusen haben wir mit roten Armbinden mit dem AKW-Logo überdeckt. Dazu tragen sie kurze Röcke, Kniestrümpfe und Schnürstiefel. Die Gretels tänzeln zu den ersten Rhythmen von Fish Fischer, den ich für den Abend als DJ gebucht habe. Fish ist nicht der Über-DJ, aber er bekommt das verstockteste Publikum zum Tanzen.

Meester und Lise gehen davon aus, dass die Bude zur Eröffnung proppenvoll sein wird.

Ich habe es ihnen versprochen.

Durch die Märkte, den Wagen und die Presse sind wir populär. Verschiedene vegane Restaurants haben einen Boykott der AKW gefordert. Das hat unserer Bekanntheit zusätzlichen Schub gegeben. Das ist wie eine Warnung der Toten Hosen vor dem nächsten Böhse-Onkelz-Album.

Wir haben Freunde eingeladen, richtige Freunde. Ich habe vor Monaten ein paar Fake Accounts auf Facebook gestartet, von denen aus ich eine wachsende Fangemeinde mit Insider-Informationen versorge. Das ist viel glaubwürdiger als eine offizielle Seite.

Wir haben auf den Märkten kleine Wurstkarten mit dem Datum verteilt. Nur an Leute, die uns gefallen – *wir bestimmen, wer reinkommt.* Eine Einladung zu bekommen, die nicht durch alle digitalen Kanäle wabert, das ist die wirklich heiße Währung.

Natürlich habe ich Ed und seine Jungs eingeladen. Sie sollen ihre Freunde mitbringen.

Fish Fischer hat seiner Party-Crew Bescheid gesagt.

Gottvertrauen.

Der Schriftzug über der Tür leuchtet, nachdem Lise den Stecker in die Dose gesteckt hat. Plötzlich ist der Laden voll von Leuten, die ich nicht kenne und denen ich nicht Bescheid gesagt habe. Das ganze Haus kommt, die Jungs von Tiger & Panther mit ihren schön gestutzten Bärten, ihren Tweedjacken und den Mädchen mit Glockenröcken; die Ladys von Freyas Wollgarden lachen herzlich und riechen frisch nach Waschmittel; die Jungs aus dem 16-Kanal-Studio, die Mädchen aus den Grafikbüros, die Coworking-Space-Mannschaft, die Verkäufer von Planet Guitar. Die haben das »Wurst *gegen* Faschisten«-Graffito gepostet und wiederum ihre Freunde eingeladen. Dazwischen stehen Bartosz und seine Oberschlesier, Biergläser in den Händen, Bäuche vorgestreckt.

Die Mannen vom Kreuz-Helden-Bräu legen sich mächtig ins Zeug, um uns die Zapfanlage zu finanzieren. Jetzt sitzen sie in der Ecke, stemmen ihre Gläser, zahlen für ihre Würste den Eröffnungspreis und freuen sich in ihre Bärte; angenehmes Volk mit Hornhaut an den Händen, und sollte es irgendwann mal mit irgendwem Ärger geben, ist es gut, sie auf unserer Seite zu haben!

Michael Bockmann kommt mit Fliege und seiner ukrainischen Geliebten, die erst etwas pikiert schaut, nach dem dritten Bier aber lustig rülpsen kann. Unsere Fleischlieferanten sind alle gekommen; Carl Eduard mit seiner Frau Melissa, einer dänischen Bildhauerin, die schon im MoMA ausgestellt hat, wie Eduard voller Stolz erzählt. Alia, unsere Geflügelzüchterin, bringt ihre Frau Gertrud mit. Gertrud ist einen Kopf größer als ich und quetscht mir die Hand, dass ich kurz in die Knie gehe. Dietrich hat mir ein Einweckglas mit selbst gemachter Polle mitgebracht; er meint, so was hätte ich noch nicht geraucht: Brandenburger Qualität! Verstecke ich im Kühlhaus. Barbara, die mir das Logo gemacht hat, ist enttäuscht, dass ich sie nicht mehr in die Gestaltung des Ladens eingebunden habe. Zwänger kommt mit drei Kumpeln. Sie wollen über Franchising für das AKW sprechen. Dazu habe ich keine Lust und bin auch nicht mehr Herr der Lage. Ed und seine Jungs haben mir versichert, dass ich ruhig feiern könne, sie hätten ein Auge auf alles.

Es ist wunderbar.

»In Wurst veritas!«

»'schland!«

Mohammed und seine Gang checken kurz ein, bringen eine Shisha als Gastgeschenk mit. Mohammed gehören drei Häuser auf der anderen Straßenseite. Mohammed ist an der wirtschaftlichen Entwicklung der Gegend interessiert. Zwänger hat uns miteinander bekannt gemacht. Wir klatschen uns ab. Er zieht sich ein paar Würste rein, fährt voll auf den getrüffelten Kartoffelstampf ab und verabschiedet sich mit »Salām«.

Bier fließt, Schnäpse werden gereicht, Zähne graben sich in rotes Brät, Därme platzen, und Fett spritzt. Ein fettiges Leuchten liegt auf den Gesichtern, die Beats von Fish Fischer lassen alle im Gleichklang wippen, die Gretels schwenken ihre Ärsche; die Seligkeit ist nicht fern. Home of deutsche Wurst: Zuhause! Wie jeder Berater will ich die Welt nicht nur neu interpretieren. Ich will sie verändern. Und die Welt verändert sich.

Die Bullen stehen im Lokal, wollen den Geschäftsführer sprechen.

»Ich!«

»Polizeiobermeister Preisendörfer«, stellt er sich vor. »Ditt ufert aus. Ick kann hier nicht die Karl Marx dicht machen, nur weil ihr Party feiert!«

»Äh?«, frage ich.

»Pass uff«, sagt der Bulle im freundlichen Ton. »Entweder du machst hier Schluss, oder wir müssen Schluss machen. Vastehste?«

»Ja!«

Besser kann es für eine Eröffnung nicht laufen. Von den Bullen dicht gemacht zu werden – das ist wie geadelt werden! Ich kämpfe mich zu Fish ans Mischpult durch und bitte, die Musik runterzuregeln. Ich schnappe mir das Mikro, springe auf den Tisch, kann mich gerade noch halten, mache die Ansage: »Die anwesende Staatsgewalt findet, dass genug gefeiert worden ist!«

Entrüstung, Empörung.

Der Oberbulle winkt freundlich zu mir rüber.

»Okay«, sage ich. »Wir können Schluss machen, oder wir können ’ne Revolution anzetteln und direkt zum Straßenkampf übergehen. Wer hat Lust?«

Der Bulle schaut genervt.

Das Publikum reagiert unentschlossen. Es gibt vereinzelt Applaus und »Bullenschweine«-Rufe, aber für echten Widerstand sind unsere Gäste zu satt.

»Alles klar. Danke, dass ihr alle hier wart und mit uns gefeiert habt. Ab heute haben wir immer offen. Wurst ist Heimat. Kommt dahin, wo der Zipfel steht! Hier seid ihr willkommen: Wenn ihr zahlt! Danke.«

Ich verbeuge mich.

Sogar die Bullen klatschen.

Am nächsten Tag sind wir berühmt: WURSTKOMMANDO LEGT KARL-MARX-STRASSE LAHM! titelt eine große Tageszeitung.

Wir sind von Anfang an Legende.

43

Es läuft. Es gibt gute Tage, und es gibt bessere Tage. Die besseren Tage werden mehr.

Mit einem Restaurant hast du plötzlich ein Unternehmen. Das ist was anderes als der Wurstwagen auf den Märkten. Ein Unternehmen, das erfolgreich läuft, ist wie ein Panzer auf Kurs – mitgerissen vom eigenen Gewicht, geht es mit Schmackes vorwärts. Es ist Energie da, es ist Geld da, es sind Leute da; Fässer werden in den Keller gerollt, Gasflaschen ausgetauscht. Leute stehen schon vor der Tür, bevor wir aufmachen. Du merkst, wie du immer interessanter für die Welt wirst; wie Vertreter an die Tür klopfen, die Industrie dich für ihren Scheiß kaufen will. Alles fließt. Du ziehst den Stöpsel und lässt es abfließen.

Nein, sage ich zu den Vertretern, Vertriebsdirektoren, Markenbotschaftern: Machen wir nicht, will ich nicht, interessiert mich nicht.

Meester hält es nicht aus. Es ist ihm zu laut und zu hektisch. Er fühlt sich beobachtet, auf dem Präsentierteller. Ihm fehlt der Meter Höhenunterschied, den es auf dem Markt gab. Er zieht sich nach ein paar Wochen aus dem Restaurant zurück. Es ist eine Sache, einen Traum zu haben. Es ist eine andere, ihn in der Realität auszuhalten. Die beiden Hilfsköche Dennis und Walter machen einen guten Job. Meester schließt sich wieder im Speicher ein, überwacht die Produktion und denkt sich neue Würste aus. Katy steigt als Gretel aus und übernimmt den Wurstwagen. Dafür kommt Carla. Sie hat als Unterwäschemodel und bei Videoproduktionen gearbeitet und sucht jetzt was Festes. Sie ist eine Freundin von Ewa. Ihr Vater kommt aus dem Kongo, ihre dunkle Hautfarbe passt großartig zur Uniform.

Es gibt ein paar Gäste, denen gefällt das nicht.

Lise spricht mit ihnen.
Es geht um Heimat, nicht um Rasse. Klar?

Mir geht die Fotografiererei auf die Nerven. Dieser ganze Foodporn-Dreck, der durchs Netz wabert. Ich will keine Bilder aus unserem Restaurant auf FB oder Instagram. Wenn Leute Bilder machen, beginnen sie zu vergleichen: Meine Wurst ist länger als deine. Die mit dem Ausschnitt war gar nicht da. Sieht aber leer aus. Das erzeugt Frust.

Ich mache eine Ansage: Ich sage, dass das ein Platz für uns ist. Das ist ein Platz für unsere Sehnsucht, unser Wollen, sage ich. Das ist ein Platz, der nicht für alle ist. Er ist nur für die, die hier sind. Und was hier passiert und wie wir feiern, das soll unter uns bleiben. Wer permanent denen da draußen zeigen muss, dass er hier ist, der ist nicht hier. Sein Herz ist nicht hier. Also macht eure Telefone und Kameras aus und seid mit ganzer Seele hier – oder geht. Hier und da sein, das geht nicht!

Unter allgemeinem Applaus schreibe ich es auf den Boden, gleich hinter dem Eingang: Keine Fotos!

44

Kurz nach der Eröffnung bittet das Portal www.Ernaehrungs-Inspirationen.tv um ein Interview.

EI.TV: Chef, du hast vor ein paar Wochen mit deinen Partnern einen neuen Wurstimbiss im angesagten Stadtteil Neukölln aufgemacht. Für viele geht die Entwicklung gerade in eine andere Richtung – weg vom Fleisch, hin zu einer umweltverträglichen, veganen Ernährung. Dennoch boomt euer Restaurant. Was ist euer Konzept?

AKW: Wir verkaufen nur Würste aus brutal regionalem, bäuerlich produziertem Fleisch. Wir kennen die Menschen, wir kennen die Tiere. Selbst die Wagyū-Rinder für unsere Grobe-Kobe-Bratwurst sind nicht weiter als 60 Kilometer von unserem Restaurant entfernt aufgewachsen. Das nennen wir nachhaltig und verantwortlich. Die meisten veganen Produkte sind hoch raffiniert, industriell produziert und werden quer durch die Welt geflogen, damit ein paar Weicheier ein gutes Gewissen haben. Aus meiner Sicht sind sie es, die unseren Planten zerstören.

EI.TV: Starker Tobak. Aber du musst doch zugeben, dass die Fleischproduktion Regenwald zerstört und für millionenfaches Tierleid verantwortlich ist?

AKW: Wir sind entschieden gegen Tierfabriken, industrielle Schlachthöfe, das ganze Elend der Massentierhaltung. Wir sind auch entschieden gegen Massenkonsum und Globalisierung. Unsere Würste sind in der Regel zwischen 120 und 150 Gramm schwer, sie enthalten neben Fleisch regionale Kräuter, Beeren und

Obst. Als Beilagen empfehlen wir Kohl oder Kartoffelstampf – regionale Feldfrüchte.

Die Antwort auf die aktuelle Herausforderung kann doch nicht sein, dass hiesige Kulturlandschaften und Strukturen zerstört werden, unsere eigene Kultur diskriminiert wird und dafür Halb- und Fertigprodukte aus Indien und Peru per Flugzeug bei uns eingeflogen werden. Die Leute diskutieren über Goji-Beeren aus China, aber kennen Majoran nicht mehr! Wir beim Wurstkommando unterstützen Menschen, die noch eine Beziehung zu dem haben, was sie tun, die unsere Vielfalt schützen und erhalten.

EI.TV: Was bedeutet für dich denn Respekt vor dem Tier?

AKW: Respekt vor dem Tier heißt für uns, dass es artgerecht aufwächst, dass es ohne Grausamkeit wie langen Transport, Industrieschlachthof etc. getötet wird und dass wir alles von ihm verarbeiten – Innereien, Hirn, Herz und Nieren, das Fett auslassen, die Därme verarbeiten, die Knochen auskochen.

EI.TV: Wie reagiert euer Umfeld auf Alternative Kommando Wurst?

AKW: Wir polarisieren. Das wollen wir auch. Der vegetarisch-vegane Mainstream fühlt sich angegriffen. Aber uns geht es auch um den Erhalt der Kultur. Veganer vernichten regionale Unterschiede, sind Teil des finalen Kulturkampfes der Ackerbauern gegen die Jäger und Sammler; persönlich glaube ich aber, dass es Menschen sind, die mit Leben und Sterben nicht umgehen können. Kurz: Selbstbezogene Würstchen!

EI.TV: Eine letzte Frage. Kein Internetauftritt, nicht in den sozialen Medien, nicht mal Telefone. Warum?

AKW: Wurst ist analog. Ich will, dass unsere Gäste ganz bei uns sind und nicht irgendwo zwischen hier und da. Ich will, dass sie ihre digitalen Devotionalien abgeben – bei uns herrscht weder Apple noch Samsung. Bei uns herrscht die Wurst – hart arbeiten, hart feiern. Ein Genuss, für den gestorben wird, soll alle Aufmerksamkeit haben!

Das Interview zieht Kreise. Es kommen Anfragen für weitere Interviews, es kommen anonyme Drohungen. Aber hey: Wenn uns jemand einen blutigen Schweinekopf vor die Tür wirft, kochen wir Sülze draus.

Nichts wärmt das Herz so wie Rampenlicht. Ich kenne das Gefühl von damals, als ich in der großen Blase »Neue Ökonomie« nach oben trieb. Ich habe vergessen, wie geil sich das anfühlt.

Damals hat Alexander die genialen Codes geschrieben, und ich habe sie mit einer Vision von Zukunft verkauft; globales Dorf, wir alle liegen unter der Glasfaserlinde, teilen die gleichen Träume, hören die gleiche Musik und sind eins: alte Zukunft.

Heute macht Meester die genialen Würste, und ich mache die Ideologie: Wenn Fleischesser deine Zielgruppe sind, kannst du der Tofu-Fraktion mit Lust aufs Maul hauen.

Die Mehrheit sieht es gern.

Die Mehrheit mag es blutig: neue Zukunft.

»Wir wären gut, anstatt so roh, doch die Verhältnisse, die sind nicht so«, schrieb Brecht. Er ist ein kluger Mann. Nett war er nicht, soviel ich weiß.

45

Ich liege auf dem Bauch zwischen Lises Schenkeln und denke nach. Du denkst, du bist mit der Wurst nur ein losgelöstes Teilchen im Raum. Bist du aber nicht. Da gibt es plötzlich jemanden wie Theresa. Menschen kommen und fragen, ob sie ein Shirt mit unserem Logo kaufen können. Es gibt Leute, die sagen, sie wären bereit. Was sagst du denen? Fragst du: Wofür? Nein, das machst du nicht. In ihrem Denken bist du für das Wofür verantwortlich. Also sagst du ihnen, dass sie es als Erste erfahren werden, wenn es so weit ist. Sie sagen Danke und fragen, was sie tun können. Du sagst ihnen, sie sollen den Fernseher ausschalten und selbst denken. Es gibt einen Zyklus von Geburt und Tod. Es gibt einen Zyklus von Ernten und Säen. Zwischen beiden herrscht seit ewigen Zeiten Krieg – Viehzüchter gegen Ackerbauern, Fleißfresser gegen Körnerzähler. Du bist ein Teil von diesem Kampf.

Die Viehzüchter ziehen mit ihren Herden durch die Weidegründe, durch die Felder. Trinken das Blut ihrer Tiere, essen ihr Fleisch, kleiden sich in ihr Leder, erziehen ihre Kinder zu Kriegern.

Die Ackerbauern starren in den Himmel, suchen nach Zeichen für Fruchtbarkeit. Ihre Götter sind zyklisch, nicht rauschhaft, das Geheimnis ihres Überlebens ist der Vorrat. Ich war lange Ackerbauer. Ich ging gebückt in der Furche.

Nachts, wenn die Ackerbauern in ihren Hütten schlafen, sitzen die Viehzüchter an ihren Feuern, heulen mit den Wölfen, sehen die Sterne fallen und wälzen sich in warmem Fleisch.

In Ackerbaukulturen ist Mord ein Tabu. Bei den Viehzüchtern ist er ein Handel – alles ist mit Vieh aufzuwiegen.

Ackerbauern bilden Dorfgemeinschaften, Viehzüchter Stämme. Ackerbauern entscheiden in der Gemeinschaft. Viehzüchter sind hierarchisch. Die Skythen waren Nomaden, die frühen Juden, die Hunnen, die Mongolen.

Während ich nachdenke, habe ich begonnen, mit Lises Möse zu spielen. Lise schaut eine Serie von Amazon auf dem Computer. Sie hat sich den Computer auf den Bauch gestellt, die Beine geöffnet, um mir Platz zu machen. Ein Stück über ihrer glänzenden Möse leuchtet weiß der Apfel – was für ein Altar!

Ich erinnere mich daran, dass der Apfel früher mal bunt war – regenbogenfarben. Im Werbespot *1984* war er jedenfalls noch bunt. Die junge Frau im Werbefilm schwingt den Hammer und zerschlägt den großen Televisor. Jetzt ist der große Televisor überall. Wann ist der Regenbogen aus dem Logo verschwunden?

Ich robbe ein Stück weiter in den spitzen Winkel, bis der Apfel aus meinem Blickfeld verschwindet und nur noch Lises Möse da ist. Ich lecke sie in tiefer Dankbarkeit.

Lise antwortet mit einem Seufzer, schiebt das Becken leicht nach links und rechts.

»Wie findest du eigentlich Theresa?«, gurrt sie nach einer Weile.

Ich sage nichts, ich habe den Mund voll.

»Wollen wir die nicht mal einladen?«

Ich strecke den Kopf hoch und habe den leuchtenden Apfel vor der Nase.

»Bitte?«

Leider kommt es nicht mehr dazu. Theresa verschwindet zwei Wochen später. Sie lässt uns eine Nachricht zurück, dass sie nicht mehr warten kann, sondern im Untergrund für unsere Sache zu kämpfen beginnt. Danke, schreibt sie, ihr habt mir die Augen geöffnet: In Wurst veritas!

46

Lise und ich nehmen Ewa mit nach Hause. Ewa hat weiche Haut, ist rasiert, hängt sich rein, aber irgendwie ist es doch nur Standard. Es fehlt der Ivana-Faktor. Du kannst eine Mitarbeiterin einfach nicht so rannehmen wie jemanden, den du am nächsten Tag nicht wiedersiehst.

Wenn der Abend im Restaurant gegen elf seinen ersten Höhepunkt feiert, der Alkohol Wirkung zeigt, das Fotoverbot für Ungezwungenheit sorgt, bläht Lise die Nüstern und geht auf Jagd. Ich erinnere mich an eine durchtrainierte Blondine aus Coos Bay, Oregon. Sie heißt Jolene. Sie trägt ein Halsband, bellt und beißt um sich. Sie will von Lise und mir bestraft, gezüchtigt und wie eine Hündin behandelt werden.

Als Lise Jolene gehen lässt, liegt Entsetzen in ihren Augen. Wir rufen ihr eine Taxe.

Ich mag es, wenn du ausflippst, sage ich, wenn du die Beherrschung verlierst.

Ich weiß, sagt Lise, dein Schwanz wird dann noch härter. Ich liebe es, wenn du mich danach fickst.

Du bist Kali, sage ich. Bald bin ich alt. Mach mich unsterblich.

Lise kichert.

Es ist ein Vollmondabend. Das spürst du in der Gastronomie; da liegt überall Erwartung in der Luft. Lise ist noch somnambuler, schreitet durch die Reihen der Gäste wie eine Zauberin. Ihre Nippel drücken durch den Stoff, und wenn mein Blick sie trifft, umspielt ein sardonisches Lächeln ihre Lippen.

Natürlich ist der Laden voll, das ist er immer. Hinten führt Walter sein Regime, an den Zapfhähnen stehen Beppo und sein albanischer Kumpel Dalmat. Die beiden Jungs lassen die Tiroler Bergburschen raushängen und sind wie Füchse im Hühnerstall; sie geben die Macker, scherzen mit den Gästen, haben immer einen Spruch, lassen ihre Augen feucht schimmern und gehen nach der Schicht selten alleine nach Hause.

Die Leute kommen nicht, weil sie ein Würstchen wollen. Sie kommen, weil sie gierig nach diesem fettigen Leben sind. Weil sie hier Freiheit finden, die einfach ist. Die Sprüche an den Klowänden zeugen davon. Sie kommen, um die Liebe zur Heimat zu unterstützen. Sie kommen, um Zeichen zu setzen. Sie kommen, um das freie Wurstgebiet zu feiern: kein Welthandel! Sie kommen, weil es fettig ist und ihnen niemand ein schlechtes Gewissen macht. Sie kommen, weil Saufen keine Schande ist und Kotzen eine Ehre. Sie kommen, weil Titten, Arsch, Schwanz und ein gutes Bier manchmal der ganze Grund zu leben sind! Sie kommen, weil sie Angst haben. Wir sagen nicht: Du darfst keine Angst haben. Wir sagen nicht: Alles wird gut. Wir sagen: Trink! Wir sagen: Iss!

Lise ist am Zwölfertisch zugange; sie flirtet mit den Mädchen, geht mit den Jungs in den Infight und gibt jedem das Gefühl, was Besonderes zu sein. Sie erklärt die Würste; an dem Abend haben wir die Brexit, eine Truthahnwurst mit Minze, und die Syrische Blutwurst im Angebot; wir bemühen uns immer, auf aktuelle Themen zu reagieren. Ich gebe die Geschichte vor, Meester macht die Wurst. Wir verkaufen nicht viel davon, aber die Leute reden drüber.

Lise hat ihre Runde gemacht und lehnt sich schwer und heiß gegen mich.

»Siehst du ihn?«

»Was?«

»Den Jungen da drüben.« Sie winkt mit dem Kopf zum Zwölfer.

»Einen Mann?«, frage ich irritiert.

Ich schaue hinüber. Aus der Gruppe der Essenden und Trinkenden, Jungs mit Bärten und karierten Hemden, Mädchen mit

Dutt und beigen Blusen, sticht ein junger Mann hervor. Er ist vielleicht Mitte zwanzig, groß, athletisch, blond und von einer eigenartig flirrenden Aura umgeben. Er sitzt mitten in der lachenden, scherzenden Gruppe, aber er gehört nicht dazu.

»Er will es«, sagt Lise. »Ich will, dass wir den mit nach Hause nehmen.«

Lise hat meine musternden Blicke verfolgt, legt ihre Hand auf meine Gürtelschnalle und beißt mir zärtlich in den Hals.

Ich habe keine Wahl.

Wer hat die schon?

47

Ich gehe vor. Zu Hause pfeife ich mir als Erstes eine Viagra rein. Bei Mädchen reicht eine halbe. Mit einem zweiten Mann haben wir es noch nicht gemacht. Ich habe das noch nie gemacht. Was weiß ich, wo meine kleine Schlampe schon überall dazwischenklemmte. Erregung befällt mich. Ich denke, wenn ich mich beeile, könnte ich mich noch duschen und mir den Sack rasieren.

Lise mag diese Art von Aufmerksamkeit.

Ich habe mir gerade den Bademantel übergeworfen, als Lise mit Anders schon in der Tür steht. Er ist aufgeregt. Er sieht ein Zeichen darin, dass er Lise und den Wurstkommandanten persönlich kennenlernen darf.

»Wurst ist Wahrheit«, sagt er, ist schon lange ein Mem der nationalen Bewegungen.

Wurst ist eine Metapher.

»Weil ihr Legende seid«, sagt er.

Wir trinken Champagner. Ich habe das Bett abgeräumt und die kleine Lampe angemacht. Vor der Kali-Statue brennt eine Kerze.

Lise ist auf das Bett gestiegen und zieht sich aus, wiegt sich dabei zu einer Musik, die nur sie hört. Ich genieße den Anblick. Ich spüre, dass Anders kurz davor ist, sich überfordert zu fühlen. Ich lege ihm einen Arm um die Taille und küsse ihn. Er zuckt kurz, aber dann werden seine Lippen weich.

Lise liegt auf dem Rücken, hat die Beine gespreizt, lässt sich von ihm mit Monoi-Öl massieren.

Ich sehe zu, wie seine Hände über ihre Schenkel gleiten, noch nicht recht wissen, wie sie mit ihrer Vagina umgehen sollen, bis Lise es nicht mehr erträgt und seine Hände auf und in ihre Scham presst, während ich mich über ihr Gesicht knie und sie mir die

Eier leckt. Die Viagra flutet mich. Ich streichele Anders und befreie seinen Schwanz aus der Björn-Borg-Unterhose.

Einen fremden Schwanz anzufassen heißt, einen Mann ganz schön an den Eiern zu haben. Du verstehst augenblicklich mehr über deine eigene Fragilität.

Wir tauschen die Positionen, und jetzt steckt Anders' Schwanz in Lises Mund, während ich ihr Möse und Arsch lecke. Dass heute beide Löcher gebraucht werden, ist so sicher wie das Amen in der Kirche. Ich will sie gut vorbereitet wissen.

Später ficke ich Lise spielerisch, während sie weiter Anders' Schwanz bearbeitet. Ich küsse ihn. Unsere Hände spielen mit Lises Titten; es ist wie beim Doktorspiel in der Deckenhöhle hinten im Garten. Lise will, dass Anders sie fickt, aber er will zuerst ein Kondom überziehen.

Hund, willst du ewig leben?!

Ich sehe, wie Lise das Misstrauen verletzt.

Anders muss sich sein Kondom selbst überziehen.

Um die Situation zu entspannen, mache ich Musik an.

Lise trinkt ungeduldig ein paar Schlucke Champagner, dann kramt sie die Rolle mit dem gestreiften Absperrband unter dem Bett hervor. Wir haben schon öfter damit rumgespielt.

Ich schenke nach und freue mich auf das, was kommen wird. Dieses Gebunden-und-gefesselt-Sein, ich selbst stehe nicht so drauf, aber ich schaue gern zu.

Lise ist eine Spinnerin, die von ihren Opfern nur das herausschauen lässt, worauf sie Lust hat; die Hände an die Knöchel gebunden, glänzende Fleischpakete mit Löchern und Nippeln.

Hey, wir sind im Wurstgeschäft!

Anders weiß noch nichts davon. Er liegt auf dem Rücken, Lise sitzt auf ihm und fickt ihn und sein rotes Kondom, während sie meinen Schwanz lutscht. Das ist mir zu weit weg vom Geschehen, und ich versuche, meinen Schwanz Anders in den Mund zu stecken. Er fremdelt, also lass ich es.

Ich knie mich hinter Lises Arsch, zwischen Anders' Beine und lecke ihre gefüllte Fotze, ihren Arsch und Anders' Eier, während ich ihre rosigen Backen mit klatschenden Schlägen bearbeite. Lise quietscht. Sie hat begonnen, Anders' Hände mit dem Absperrband an den Bettrahmen zu fesseln. Sie bindet gut und fest, während sie ihn entspannt weiter fickt. Dem Norweger gefällt das; es entspricht seiner passiven Grundhaltung. Wer gern an der Welt leidet, ist für jeden Schlag dankbar.

Lise nimmt seinen Kopf am Unterkiefer und schüttelt ihn hin und her. Sie reicht mir die Rolle mit dem Band nach hinten: »Machst du die Füße?«

Ich ziehe seine Beine lang, fessle seine Füße, dass er sie nicht mehr bewegen kann. Den zarten Protest ignoriere ich. Lise hat ihre Arschbacken mit den Händen gegriffen, zieht sie auseinander, wenn sie sich auf seinen Schwanz fallen lässt. Anders stöhnt, gleichzeitig beginnt er, an seinen Fesseln zu ruckeln. Das gefällt Lise nicht. Sie verpasst ihm ohne Vorwarnung zwei harte Schellen und ermahnt ihn dann mit dem gestreckten Zeigefinger: »Ficken!« Danach küsst sie ihn.

Anders sucht Schutz in diesem Kuss. Lise streichelt seinen Hals, beugt sich über ihn, nimmt seinen Kopf in ihre Arme, verspricht ihm Sicherheit, während sie den Arsch nach oben streckt. Ihr Arschloch glänzt feucht und offen. Es wartet auf mich. Ich fingere die kleine schwarze Flasche mit dem Silikonöl unter der Decke hervor; hatte uns der Sexshop-Verkäufer in der Potsdamer Straße als besten Stoff für Analsex empfohlen.

Ich lasse ein paar Tropfen auf meine Purpureichel fallen, tropfe auf Lises Schließmuskel und gebe auch noch Schmiere auf Anders' Schwanz. Ist nicht nötig. Lises Saftproduktion läuft auf Hochtouren.

Ich knie mich hinter Lise und lege meinen Schwanz in ihre Arschritze. Dann drücke ich meine Eichel ganz sanft in ihren Schließmuskel, der ihn willig aufnimmt. Ein paar Zentimeter weiter drin wird es eng. Anders' Schwanz drückt von unten gegen den Dickdarm, und es ist nur eine dünne Membran, die uns voneinander trennt. Alles Wurst, oder?

Lise heult auf; Dehnung und Lust.

Ich packe sie an den Hüftknochen und beginne tief in sie hineinzustoßen, während sie auf Anders' Schwanz wie festgenagelt sitzt. Lise knurrt und beginnt an Anders' Brustwarzen zu reißen. Anders wimmert auf, will, dass sie damit aufhört. Er fleht. Lise stopft ihm ihren Slip in den Mund. Er ist klein, aber groß genug, um das Gequake zu beenden. Anders bäumt sich auf, versucht jetzt ernsthaft, an seinen Fesseln zu zerren. Sie halten. Den Rest erledigt Lise mit ihrem Becken. Keine Flucht möglich!

Sie drückt mich aus sich raus, schwingt sich von Anders, fällt auf den Rücken und lässt sich von mir in die Möse ficken, während sie mit der Hand ihren Kitzler bearbeitet und mit der anderen Hand Anders wichst. Sie reißt ihm das Kondom vom Schwanz, ignoriert seinen Protest, schwingt ihr rechtes Bein über Anders, dass ich sie jetzt von der Seite nehmen kann. Sie packt seinen Schwanz am Schaft und fickt ihn mit dem Mund. Ihre Augen sind Schlitze, ihr Mund trieft. Sie hat das Kommando ganz übernommen, setzt sich auf Anders' prallen, jetzt nackten Schwanz, nimmt meinen in die Hand und dirigiert ihn zurück in ihren Arsch. Anders hat immer noch ihren Slip im Mund, er hustet und würgt. Kali packt seinen Hals mit ihren Händen und drückt zu. Anders bäumt sich auf, ich stoße mit meinem Schwanz dagegen, Kali-Lise lässt ihn knapp wieder zu Atem kommen. Sie zieht ihm den Slip aus dem Mund. Kaum dass er was sagen will, stopft sie den durchgesabberten Slip zurück in seinen Schlund. Über Lises Schulter gebeugt, beobachte ich Anders' Mienenspiel, sehe das aufsteigende Entsetzen in seinen Augen. Das Lächeln auf Lises geschwollenen Lippen verspricht für ihn kein gutes Ende.

»Los, Lise, los!«, stöhne ich ihr ins Ohr. Es ist komisch, dass Menschen, die Opfer fordern, dabei selten an sich selbst denken.

Ich fühle mich wie der Kameramann in einem Pornodreh, suche den richtigen Winkel für die beste Einstellung; Zoom auf die Hände der Darstellerin. Die Hände schließen sich fest um den Hals des jungen Mannes, ihre Daumen suchen seinen Kehlkopf, streicheln ihn.

»Bitte, Lise, noch ein Stück, bitte!«

Ich ziehe meinen Schwanz ein Stück zurück, dass meine Eichel gerade ihren Anus füllt, mache ganz kleine Stöße. Kali gurrt, kreist mit dem Becken, soweit es die beiden Schwänze in ihr zulassen. Der junge Mann zerrt jetzt in Panik an seinen Fesseln, versucht das Becken hochzudrücken, seitlich davonzukommen. Lises Hände halten seinen Hals umklammert, hemmen den Blutfluss der Schlagadern. Der rote Nagellack an ihrem linken Daumen splittert. Anders' Gesicht ist rot, Tränen fließen aus seinen Augen, er würgt. Vor Lises Fotze und ihren Daumen gibt es kein Entrinnen.

Sie drückt seinen Kehlkopf nach innen, bis die Haut unter seinem Bartansatz um Lises Daumennägel herum platzt und der Knorpel darunter kollabiert. Es macht ein kleines, hässliches Geräusch, von röchelndem Pfeifen gefolgt.

»Ja!«

Lise starrt auf ihr Opfer, ihre Kiefermuskeln sind hart wie Steine, sie beißt sich auf die Oberlippe. Ich streichle die gespannten Muskelstränge ihrer Arme. Nur ihr Schoß bleibt weich. Ich spüre Anders' Schwanz, wie er sich im Todeskampf zur letzten Härte aufrichtet und dann, sterbend, explodiert.

Lise knurrt wie eine Kampfhündin, heult wie eine Wölfin. Mir bleibt der Orgasmus im Hals stecken; ich ficke sie einfach weiter, während der Körper des jungen Mannes unter uns zuckend zu realisieren beginnt, dass er tot ist.

Lise dreht sich zu mir um.

»Spürst du das?«, raunt sie. »Wie hart du bist?«

In ihrem Gesicht kämpft Entsetzen mit rasendem Glück. Ihre Augen sind geweitet und nass, das Make-up verschmiert, ihre

Lippen geschwollen. Sie schnappt nach Luft. Ich nicke. Ich kann nicht anders, ich muss sie küssen. Es ist der Kuss, der mich endlich kommen lässt und Lise noch mal mitnimmt.

Wir sind leidenschaftliche Küsser.

Dieser Kuss ist anders. Er ist Anfang und Ende. Er berührt das Herz, stößt durch alle Verhärtungen, ist wie die weit aufgestoßene Tür zum Einssein mit allem, dem Himmel, dem Universum, dem ganzen Scheiß. Bringt, was der Orgasmus des 21. Jahrhunderts nicht mehr bringt – er bringt Frieden im Herzen.

Der Kuss ist rein.

Lise bricht über dem noch warmen, verschwitzten, nassen, toten Körper zusammen, während ihre Beine und ihr Becken konvulsivisch zucken; Pisse läuft über Anders' Unterleib und verteilt sich links und rechts im Bett.

»Ich liebe dich!«, stammelt sie.

Noch niemals zuvor habe ich ein so entschiedenes »Ich liebe dich« gehört.

48

Wenn die Welle der Erregung abklingt, bleiben von der Schönheit des Schlachtfeldes nur Tod und Scheiße übrig. Ich muss handeln.

»Was soll ich machen?«, frage ich Meester in die stille Leitung, an deren Ende ich ihn weiß.

Verarbeiten, antwortet Meester, jedes Fleisch ist Fleisch. Bin gleich da.

Lise ist in eine Art Katatonie gefallen; liegt zusammengerollt wie eine Schlange, die verdaut. Ich nehme sie auf die Arme und trage sie rüber auf die andere Matratze, auf der Meester manchmal schläft. Küsse sie auf Nacken, Bauch und Hüfte. Dann wickele ich den toten Körper in das nasse, zerfickte Laken, lege ihn auf dem Boden ab und warte auf Meester.

Es ist kein Mord.

Es ist ein Opfer.

Wer Heimat sagt, muss auch Opfer bringen. Fleisch auf dem Altar der Herrin; Opfer für das unerklärlich große Leben, das sich nicht kleinmachen lässt.

Ein Lamm für den Herrn des Berges.

Ein Kind für die Herrin des Waldes.

Eine Jungfrau für die Geister des Moors.

Danke, sei uns weiter gnädig.

Wir opfern, wir töten, seit wir Menschen sind. Und als wir noch unschuldige Affen waren, kuschelige Bonobos vielleicht, da haben wir unsere Konkurrenten zerrissen und ihr warmes Fleisch gefressen. Ein Fest für Kali, ein Fest für die links drehende Welt: Atem, Blut. Die Kerze vor der Statue flackert, ist fast heruntergebrannt. Ich zünde an dem verlöschenden Flämmchen ein neues Licht an. Die neue Flamme lässt Kalis Arme wieder tanzen.

Ich bin froh, als ich Meester endlich höre.

Meester bringt einen großen Rollkoffer mit, den er polternd durch den Flur schleppt. In diesem Haus ist Lärm die beste Tarnung; Johlen, besoffen rumschreien, zu jeder Tages- und Nachtzeit ein- und ausziehen, das gehört hier zum guten Stil. Stille ist das Abseitige.

Er nickt stumm zur Begrüßung und zieht den Rollkoffer in die Wohnung.

»Danke … wir haben, Lise hat …«

Meester schüttelt den Kopf, stellt den Koffer ab, packt mich bei den Schultern, legt mir eine Hand auf den Hinterkopf und knallt mit einem Ruck unsere beiden Köpfe zusammen. Ich gehe in die Knie.

Meester fängt mich, drückt mir einen trockenen Kuss auf die dröhnende Stirn und setzt mich vorsichtig neben Lise ab.

Er sagt, er habe es von Anfang an gewusst!

Er geht gleich an die Arbeit.

Meester nimmt Anders' Kopf an den Haaren, hebt ihn an, führt mit seinem Entbeinmesser einen Schnitt über den Hals, wendet den Körper mit dem Fuß, trennt die beiden Stränge der Nackenmuskeln durch, fährt mit der Spitze des Messers zwischen die Nackenwirbel und dreht den Kopf dann ganz einfach ab, wie du eine alte Schraube abdrehst.

Er wickelt ihn in eines der Tücher, die er im Koffer mitgebracht hat.

Meester geht mit kritischem Blick um den Körper, zerschneidet hier ein paar Sehnen, durchtrennt dort mit scharfer Klinge Bänder an den Knien und Schultern. Danach lässt sich der Körper falten wie eine Gliederpuppe.

Ich habe mich wieder gefangen.

Wir packen den Körper in den Koffer; legen den Kopf in die Lücke, die zwischen den Knien bleibt. Ein Koffer voller Mensch – das sieht schon krank aus.

»Klamotten?«

Ich suche sie eilig zusammen und stecke sie in die Lücken im Koffer. Ich bin froh, als wir den Deckel zuklappen.

Meester zwinkert mir mit einem Auge zu: Herrenwurst!

Ich stehe nackt am Fenster.

Das Rollern des Koffers, klacker, diklacker, diklacker, verschwindet aus dem Hausflur und langsam aus dem Lärm der Stadt:

klacker,
diklacker,
diklacker,
diklacker …

Ich schaue hinunter auf die Straße, hinunter auf die Ahnungslosen, die Ängstlichen, die Sehnsuchtsvollen: Immer zieht irgendwo jemand aus, immer zieht irgendwo jemand ein.

Gute Nacht!

Ich trage Lise zurück auf unser frisch gemachtes Bett. Vor Kali brennt noch immer die Kerze. Sie beleuchtet ihr schönes Gesicht.

49

Wir haben im kleinen Kreis zur Wurst geladen. Das ist der Vorteil am neuen Seitenkeller – wir können auch mal eine »Geschlossene Gesellschaft« veranstalten, ohne gleich den ganzen Betrieb zu stören.

Wir, die Gründer, sind vollzählig da. Aus dem inneren Kreis gehört Hermann, der Besitzer von Kreuz-Helden-Bräu, dazu. Hermann hat vor ein paar Monaten das Braukollektiv aufgelöst und sich die Mehrheitsanteile am KHB gesichert. Macht das Arbeiten mit ihm einfacher. Seine Freundin Violetta ist Kindergärtnerin, betreibt einen Blog für Impfgegner. Sie lacht viel und lobt unser regionales Konzept. Carl Eduard, unser Fleischlieferant, und seine Frau Melissa sind aus Brandenburg gekommen. Bockmann hat seine Ukrainerin vor ein paar Wochen gegen eine Lettin ausgetauscht, was niemandem auffällt. Zwänger ist da, weil er immer da ist, wenn wir einladen. Mohammed will ich dabeihaben. Unser Stück Karl-Marx-Straße hat sich gewaltig entwickelt; Smoothie-Shops, Kaffeebars, Läden für vegane Kleidung, ein Plattenladen für Punk namens Sonic Ballroom, eine Gluten-freie Bäckerei. Der letzte Gemüsetürke hat vor zwei Wochen auf Bio umgestellt. Es läuft, aber es gibt auch Ärger. Taschendiebstähle, Antanzerei und sexuelle Belästigungen haben zugenommen. Darüber muss gesprochen werden – unter Männern.

Aber erst mal geht es um die Wurst: »Danke fürs Kommen.«

Meester lehnt neben dem kleinen Kaminofen, in dem ein Feuer brennt. Das Flackern der Flammen wischt durch den Raum und tanzt an den Wänden. Meester will was sagen, aber ein Anfall bremst ihn. Sein Husten, der schon fast weg war, hat sich seit einigen Tagen massiv zurückgemeldet.

Lise steht auf, nimmt ihn bei der Hand und wartet mit ihm, bis das Notfallspray hilft. Es ist rührend zu sehen, wie Meester und Lise nebeneinanderstehen – wie Yin und Yang, wie abnehmender und zunehmender Mond.

Meester entspannt sich, sodass er sprechen kann. Er rezitiert den Vers von Oskar von Riesenthal: »Das ist des Jägers Ehrenschild, dass er beschützt und hegt sein Wild, waidmännisch jagt, wie sich's gehört, den Schöpfer im Geschöpfe ehrt.«

Applaus.

Meester sagt, dass wir töten, was wir essen.

Alle nicken gewichtig.

Ich zeige Meester den gehobenen Daumen – guten Rede!

Lise fischt pro Person zwei Würste aus dem Kessel, der auf dem Ofen steht, und richtet sie auf den Tellern an. Ich mag das Lächeln in Lises Gesicht, mit dem sie jede Wurst verabschiedet. Die Würste sind zartrosa, gerade so groß wie ein Schwanz, fest, aber nicht hart. Die Beeren bilden dunkle Einschlüsse im feinen hellen Brät.

Meester hat sie mit Moosbeeren gewürzt, Piment, Muskat und einem Hauch von Zimt.

Meester nimmt sich selbst eine Wurst und beißt andachtsvoll hinein. Er nickt mir zu.

Lise tut es ihm gleich. Nein, sie beißt nicht. Sie schürzt die Lippen, leckt an der Wurst, fickt sie mit den Lippen, bevor sich ihre Schneidezähne ins Fleisch graben. Lise genießt.

»Mit den Fingern?«, fragt Zwänger.

»Nur mit den Fingern!«

»Ist das Schwein?«, will Mohammed wissen.

»Nein.«

»Ich liebe Schwein«, erklärt er Hermann. »Bleibt aber unter uns.«

Hermann und Mohammed geben sich die Hand.

Meester lässt den Blick nicht von mir, nickt mir auffordernd zu. Was man jagt, muss man essen, meint er – den Schöpfer im Geschöpfe ehren.

Ich nicke. Jetzt, da ich weiß, was eine Herrenwurst ist, ist es vorbei mit dem naiven Appetit. Es ist eine kulturelle Frage.

All die unterschriebenen Petitionen, denke ich, Spendenbelege und Versuche, gut zu sein – haben sie irgendeinen Krieg weniger grausam, einen Warlord sanftmütiger, einen Radikalen einsichtig gemacht? Nein, sie haben mir nur die Seele verklebt, mich blind gemacht. Manchmal musst du deine Kultur einfach runterschlucken. Was hat sie mir mehr gebracht als Stress und Schmerzen beim Scheißen?

Das ist die Wahrheit der Wurst.

Ich beiße zu.

Es ist ein Genuss von unglaublicher Zartheit; das Fleisch hat genau den richtigen Biss, die Fruchtigkeit der Moosbeeren mischt sich mit der Schärfe des Piments, Muskat und Zimt addieren einen Hauch Weite dazu. Ich schließe die Augen, unter meinen Lidern öffnet sich der Horizont; eine weite Landschaft, über die schnell Wolken ziehen, mich zieht es weiter, hin zu einem Auge, einem See, still und tief, ich schaue hinein, ich sehe Anders' Gesicht, dann kippt mir der Boden unter den Füßen weg. Ich fang mich gerade noch.

Es ist ein toller Abend.

Mohammed und ich kommen überein, dass hier in der Straße was passieren muss – Gäste und Touristen sollen sich sicher fühlen. Alles andere ist nicht gut fürs Geschäft. Mohammed will mit ein paar Leuten sprechen und dann Bescheid geben.

Es ist ein demokratischer Abend. Denn so sehr Zwänger auch mit seinem Geld protzt und mit seinen Kreditkarten klappert – es gibt nicht mehr Würste als die, die da sind. Er wird wie alle warten müssen.

Worauf?

Lise lächelt still.

Wir beenden den Abend, als Meester einen Hustenanfall bekommt, der alle Gäste sehr beunruhigt.

»Was hat er denn?«

»Ich vermute eine Allergie«, sagt Lise.

»Schon mal mit einer Darmspülung mit Eigenurin probiert?«, will Violetta wissen. »Wir sind darmmäßig alle vergiftet!«

Interessanter Vorschlag.

50

Es ist nicht leicht. Es ist manchmal kaum auszuhalten, so viel Arbeit ist es. Aber ein strenger Tagesrhythmus und Disziplin helfen uns, es durchzustehen. Vor allem: Wir lieben, was wir tun.

Da werden wir überfallen.

Es ist spät am frühen Abend, ich liege auf dem Bett, habe mir eine dicke Tüte gebaut und entspanne. Es gibt Tage, da fordert das Alter einfach seinen Tribut. Das Telefon klingelt. Lise ist dran: Wir werden angegriffen!

Was ist passiert?

Ein Haufen Tierschützer, militante Veganer, mit Kuh- und Schweinemasken vermummt, hat zuerst versucht, das Restaurant zu stürmen und Kunstblut auszukippen. Da weder unser Personal unter Lises Führung noch unsere Gäste von dem Schlag sind, der sich schnell ins Bockshorn jagen lässt, fliegt der Sturmtrupp nach heftiger Gegenwehr raus. Aber draußen wartet eine Übermacht; unsere Leute ziehen sich wieder ins Restaurant zurück.

Lise und Beppo behalten die Nerven. Sie verriegeln die Tür und machen die Fenster dicht.

»Soll ich die Bullen rufen?«, will Lise wissen.

»Noch nicht«, bescheide ich sie. »Wir versuchen es erst mal alleine. Halte unsere Gäste bei der Stange – Freibier und Wurst für alle. Wer unbedingt raus muss, den bringt ihr über die innere Treppe nach oben. Wie siehst es gerade aus?«

»Ein Haufen Geschrei! Tiermörder, Wurstfaschisten! Fuck the manifest! Lüge, Lüge, Lüge! So in der Art.«

»Bin auf dem Weg!«, sage ich. »Haltet durch!«

Ich nehme mir eine Taxe, gebe dem Fahrer einen 20er extra: »Habe es eilig!«

Wir brettern die Urbanstraße hoch, über den Hermannplatz und dann in die Karl-Marx-Straße rein. In der Zwischenzeit rufe ich Mohammed an, der auch schon mitbekommen hat, was vor unserem Restaurant abgeht.

»Die wollen Ärger?«

»Yo!«, bestätigte ich. »Richtig Ärger.«

»Schick ich die Jungs?«

»Schick die Jungs«, sage ich. »Sie sollen denen in ihre runzligen Veganerärsche treten. Aber sie sollen keinen totmachen. Erschrecken reicht. Ich bin in drei Minuten da.«

Bin ich auch.

Mohammed wartet vor seiner Kaffeebar, einen dicken Spliff zwischen den Lippen. Bietet ihn mir an.

»Danke, Bruder.«

»Die Jungs« sind ein paar stiernackige Libanesen, die mehr als die Hälfte des Tages in Muckibuden zubringen und Anabolika wie Falafel einwerfen. Wir haben sie angeheuert, um auf der Straße aufzupassen. Wenn Bettler kommen, Antänzer, Taschendiebe oder jemand respektlos gegenüber Frauen ist, gibt es keine Anzeige oder Ermahnung, sondern direkt aufs Maul. Wir regeln das intern.

Die Jungs treffen auf ungefähr 30, 40 Angreifer, die mit ihren albernen Masken und Protestschildern ein mächtiges Buhei machen.

Es ist kein fairer Kampf. Aber es ist ausgesprochen lustig anzuschauen. Ich filme von der anderen Straßenseite, aus dem Rücken unserer Jungs, damit ich keinen von ihnen mit dem Gesicht ins Bild bekomme.

Der ganze Protest ist auf unseren Eingang gerichtet. In ihrer Selbstgerechtigkeit hat keiner der Protestmenschen mit einem Gegenangriff in ihrem Rücken gerechnet. Wie alle Idealisten haben sie vielleicht sogar gehofft, dass die unterdrückte Klasse sich ihnen anschließt.

Ha, ha, ha!

Die Libanesen knallen die Blödmänner innerhalb von Minuten so was von weg, es ist ein Fest. Kuhmasken fliegen durch die Luft, Betroffenheitsschweinchen quieken um ihr Leben, echtes Blut tropft aus alternativen Näschen auf den Bürgersteig, Protestschildchen zerreißen wie feuchtes Löschpapier. Hier ein Tritt in den Bauch, da ein Sprung auf den Knöchel. Es sind Mädchen unter den Protestierern. Die sind zäher.

Ich habe genug für FB & Co.

Ich rufe Lise an: Wer von den Gästen Lust hat, kann jetzt rauskommen und mitmischen.

Lise voran stürmen die Gretels als Erste aus der Tür.

Wer nicht weiß, wie viel Lust in Gewalt steckt, wird die Welt nie verstehen.

51

Wurstkommando-Manifest

WIR als Gemeinschaft lassen uns die Deutsche Wurst nicht nehmen, auch wenn wir dafür beschimpft und verfolgt werden.

Wir als Gemeinschaft sind die Opfer von Vegetariern und Veganern, die nicht damit klarkommen, dass der Tod zum Leben gehört und dass es keinen guten Braten ohne Fleisch gibt. *Sie* haben der Gentechnik Tür und Tor geöffnet.

Wir sind eine Gemeinschaft, die ihr Essen niemals übers Netz bestellt und die für die Befreiung der Liefersklaven kämpft, sofern sie unsere Sprache sprechen. Wir sprechen deutsch!

Wir sind eine Gemeinschaft, die ihre Wahl getroffen hat: Es gibt keine Wurst ohne Fett, das Ende der Schlange ist hinten und die Wurst hat zwei davon!

Wir sind eine Gemeinschaft, die mit Stolz am Grill steht und mit Verachtung auf das schaut, was globale Konzerne dem Volk in die Tiefkühltruhen schmuggeln.

Wir sind eine Gemeinschaft, die ihre Heimat und ihre über Generationen vererbten Rezepte nicht dem Sushi- und Dönerwahn opfert und die mit Freude ins Schwein beißt.

Wir sind eine Gemeinschaft, die für Tugenden wie Ehre, Fleiß und Mut einsteht und die *immer* den Senf dem Ketchup vorzieht.

Wir sind eine Gemeinschaft, die Liebe und Treue nicht gegen Bonus-Punkte tauscht. Eine Gemeinschaft, die sich lieber hingibt als aufgibt und die Metzger, Schlachter, Jäger, Hausfrauen und Mütter ehrt, wie es unsere Väter getan haben.

Wir sind eine Gemeinschaft, die sich dafür entschieden hat, lieber die Wurst in der Hand zu halten als der Selbstoptimierung auf dem Dach nachzusteigen.

Wir sind eine Gemeinschaft, die dafür kämpft, dass die Deutsche Wurst wieder strahlt und alle Völker um uns wissen: Der Tod der Anderen gehört zum Leben.

Nein, das ist keine Einleitung für eine Speisekarte! Das ist ein Aufruf zur Umkehr an alle, die ihre Identität, ihre Herkunft, ihre Rezepte und ihren Fettgehalt hassen.

Ihr seid krank, wir sind gesund!

Wurst ist Wahrheit!

52

Es geht nicht darum, dass dich die Leute mögen. Es geht darum, dass sie über dich reden, sich deinen Namen merken, neugierig werden. Wenn sie anfangen, nach mehr Informationen zu suchen, wenn es ein paar gibt, die dich hassen, und ein paar, die dich lieben, dann hast du alles richtig gemacht. Dann wächst es.

Die Frau von der Maske tupft mir noch mal die Stirn, die Regie zählt die Kameras an; drei, zwei, eins: Los.

Ich bin in der MDR Talkshow zu Gast.

Lila Rock, die Moderatorin mit dem kritischen Blick, nickt in die Kamera.

»Hallo, guten Abend, und da sind wir wieder. Heute zu Gast bei mir ist Frederic Baecker, Mitinhaber der AKW, der Alternative Kommando Wurst, des angesagten Berliner Wurstrestaurants. Der Einspieler eben, den wir auf FB gefunden haben, hat uns gezeigt, wie zerrissen unser Land ist. Unser tägliches Brot ist zum Schlachtfeld der Ideologien geworden. Herr Baecker, wissen Sie, wer diesen Film gemacht hat?

Ich zucke mit den Schultern.

»Erschreckt Sie das?«

Ich kratze mich am Kinn.

»Die Härte ist schon ungewöhnlich – haben Sie gesehen? Die haben versucht, unser Restaurant zu stürmen. Ich meine, wir sind nicht McDonald's oder Burger King. Wir sind eher das Gegenteil – regionale Produkte, bäuerliche Betriebe, ehrliches Handwerk. Ich verstehe nicht, warum wir plötzlich zu Feindbildern werden.«

Lila Rock streicht sich eine ihrer dicken Locken aus der Stirn, schaut auf ihre Moderationskarte, dann auf mich.

»In Ihrem Restaurant werben Sie mit dem Slogan *Wurst ist Wahrheit*, an Ihrer Tür hängt ein Schild, das Veganern den

Zutritt verbietet. Sie lieben es zu provozieren. Vielleicht deshalb?«

Ich breite die Hände aus.

»Wir suchen den Diskurs, vielleicht auch die Diskussion, weil wir glauben, dass da in unserem Land was völlig falsch läuft, und die Mainstream-Medien machen einfach mit – eine Verschwörung zur falschen Ernährung; Veganer fühlen sich als bessere Menschen, vielleicht sind sie das rein subjektiv, aber objektiv zerstören sie die Umwelt, essen Produkte, die unter fragwürdigen Bedingungen industriell gefertigt und um die ganze Welt geflogen werden. Das ist medial und politisch geförderter Irrsinn.

Lila Rock hebt die Hand. »Wenn ich mal …«

»Nein, bitte«, wehre ich ab. »Lassen Sie mich bitte nur einmal ausreden. Familien können heute nicht mehr zusammen essen – die Tochter hat eine Laktoseintoleranz, der Sohn eine Gluten-Unverträglichkeit, die Mutter ist Veganerin und der Vater hat ein schlechtes Gewissen, weil er vor einer Woche heimlich Schnitzel essen war … das alles sind ideologische Ersatzkriege. Jeder muss heute besonders sein, das ist Bürgerpflicht – der globale Neoliberalismus hat uns alle in konkurrierende Zielgruppen zerlegt, in der jedes Ego nur noch um die eigene Deutungshoheit kämpft, wir noch bis in die letzte Darmmikrobe unsere Einzigartigkeit verteidigen und um staatliche Förderung dafür kämpfen …«

Beifall aus dem Publikum, ein paar Leute stehen auf, ein Mann im Blazer, gepflegter Bart, randlose Brille, schreit: »Schweinesystem!«

Eine Frau: »Lüge!«

Ich recke die Faust in die Kamera: »Wurst ist Wahrheit!«

Der Regisseur winkt hektisch.

Lila Rock atmet hörbar aus.

»Sagt Ihnen das Wurst-Manifest etwas?«

»Wurst-Manifest? Was soll das sein?«

»Ein Text, der im Netz kursiert. An einer Wand in Ihrem Restaurant steht der Satz *Der Tod der Anderen gehört zum Leben.* Was wollen Sie damit sagen?«

»Das Ende der frommen Lüge«, antworte ich. »Wir wissen, dass wir töten, um zu essen. Wir schauen hin. Wissen Sie, wie viele Insekten, kleine Säugetiere, Hasen, Mäuse etc. ihr Leben für ein veganes Dinkelbrot lassen? Es gibt kein Leben ohne den Tod der Anderen. Auch wir sind die Anderen. Aber wir haben den Mut, uns das einzugestehen!«

Das rote Licht auf den Kameras erlischt, die Scheinwerfer gehen aus, das Publikum erhebt sich und applaudiert.

»Klares Statement.« Lila Rock gibt mir die Hand.

Lise springt mich von hinten an, fällt mir um den Hals. »Du warst super. Ich kenne jemanden, der im Fernsehen war!« Sie küsst mich.

Lila Rock lässt die Hand sinken, mustert Lises Ausschnitt und ihre Jugend mit einem ironischen Lächeln. »Tochter oder Geliebte?«

»Geliebte, aber im Bett sagt sie Papa zu mir.«

Lise lacht.

Lila Rock runzelt die Stirn: »Was für ein Mensch sind Sie, Herr Baecker?«

»Ein guter?«

»Da bin ich mir nicht so sicher.«

Ihre grauen Augen huschen zwischen Lise und mir hin und her.

»Kommt ihr noch mit hoch in die Redaktion, was trinken?«

Ist mir zu gefährlich; Frau Rock hat es faustdick hinter den Ohren. Aufmerksamkeit ist gut. Aber zu viel davon kann schnell gefährlich werden.

»Leider nicht.« Ich strecke Lila Rock die Hand hin. »Wir müssen zurück nach Berlin in den Laden – Provokation macht sich nicht von alleine.«

53

Wir fahren aus Leipzig raus, rüber zur A9, und dann Bleifuß zurück nach Hause. Vor zwei Monaten habe ich einen A6 Sportback S gekauft, zusammen mit zwei Tuareg als Zugmaschinen für die Wurstwagen. Lise steht drauf, liebt den neuen Ledergeruch. Ich habe die Wagen von meinen Jungs folieren lassen, NATO-grün, auf den Vordertüren prangt das AKW-Logo. Sieht super aus. Alle grüßen, wenn ich die Karl-Marx-Straße hochfahre.

Chef-Auto.

»Warum sind wir nicht noch geblieben?«, will Lise wissen.

»Ich mag die Frau nicht, sie fragt gefährlich.«

»Was hat sie denn Gefährliches gefragt?«

»Weiß ich nicht«, gebe ich zu. »Aber sie war mir irgendwie zu neugierig.«

»Ich war dir nicht peinlich?«

»Hä?«

Lise knibbelt an den Nägeln. »Ich hatte das Gefühl. Vielleicht liegt es daran, dass du mit ihr besser reden kannst.« Lise dehnt das Verb *reden*, als wäre es eine Sauerei.

»Eifersüchtig?«, scherze ich.

»Vielleicht.«

Lise lächelt nicht. Sie fährt mir mit dem Zeigefinger durchs Gesicht und pikt dann den Fingernagel in meinen Kehlkopf. Ich bekomme Gänsehaut.

Themenwechsel.

Ein Anruf kommt rein.

»Du warst unglaublich!«, schreit Zwänger aus der Freisprechanlage. »Hammer! Hast diesen Ernährungsfaschisten, den Spaßbremsen, den veganen Lesben richtig vor den Koffer geschissen! Bist du noch dran?«

»Yepp.«

»Ich habe mir den ganzen Scheiß angeschaut – und mitgeschnitten! Langsam wird mir klar, wie groß das werden kann! Schon mal dran gedacht, in die Politik zu gehen? Egal, wir müssen reden. Ich habe eine Idee. Wo bist du?«

»Bitterfeld.«

»Gute Fahrt noch. Bis die Tage!«

Ich beende das Gespräch, schaue rüber zu Lise. Sie hat die Beine angehockt, starrt geradeaus.

»Was ist los, Schöne?«

Lise rutscht rüber und legt den Kopf an meine Schulter.

»Bin müde«, sagt sie. »Hätte nie gedacht, dass mich Glück so fertigmacht.«

Ich streiche ihr übers Haar. »Das wahre Glück kommt erst nach dem Schmerz, nach der Müdigkeit.« Tröste ich sie. »Es ist nicht einfach zu haben. Ich habe mal einen Mann getroffen, der ist in 50 Tagen 50 Ironman gelaufen. Der wusste wirklich, was Schmerz und Glück ist. Das stand in seinen Augen. Der war damit durch. Wie geht es eigentlich Meester?«

»Ähnlich, denke ich.«

»Was ist mit seinem Husten?«

»Er frisst sich zu Tode, oder? Das viele Nachtfleisch macht ihn verrückt. Ist wie Rinderwahnsinn – das kriegen die Kühe, weil sie mit Tiermehl ihrer eigenen Art gefüttert werden. Wusstest du das?«

Ich nicke. »Was denkst du, hat er das schon immer gemacht?«

»Ja. Hat mit einem Freund von ihm angefangen. Die hatten so ein Samurai-Ding. Er hat ihn aufgeschlitzt, irgendwo im Wald. Er wollte sich nicht von ihm trennen. Hat ihn portioniert, eingefroren, sich eingeteilt. Seitdem ist er auf den Geschmack gekommen …«

»Das hat er dir erzählt?«

»Warum nicht? Wir haben zusammen Würste verkauft, während du so Business-Dinge gemacht hast. Da wird geredet.«

Ich spüre einen kleinen Stich. Ich denke, ich hätte das von Meesters Leiche und dem Schwert exklusiv haben sollen – als Partner. Ich wechsle das Thema.

»Wie lange hält er noch durch?«, frage ich.

»Stefan ist zäh.« Lise hat ihren Kopf wieder an meine Schulter gelehnt. »Es wie bei Crystal – es gibt dir Kraft und bringt dich um. Missbrauch wiederholt sich immer wieder, hat mein Therapeut gesagt. Ich weiß, wie sich das anfühlt.«

»Ich auch.«

»Du? Du bist nicht missbraucht worden, hast du gesagt.«

»Ich bin nicht so wie du missbraucht worden, habe ich gesagt. Ich bin im Osten aufgewachsen, in Dresden. Ohne Missbrauch kommt da keiner raus.«

Wir schweigen, der Motor brummt, die Räder fressen Kilometer. Ich habe einen Arm um Lise gelegt; eine Schwachstelle im System gibt es immer. Ein Ventil, das niemand ernst genommen hat, blockiert und die ganze Rakete fliegt in die Luft. Ein Scheiß-Nagel liegt auf der Startbahn, und die ganze Concorde geht in Flammen auf. Du kannst nicht vorsichtig genug sein.

Ich nehme Lises Hand und lege sie an meine Wange:

Canis canem edit.

Hund frisst Hund.

54

Wir haben mehr Bewerbungen, als wir Leute brauchen – junge Menschen mit trainierten Körpern, mit ordentlichen Haarschnitten, mit und ohne Tattoos, mit Abschlüssen und mit asymmetrischen Lebensläufen: Leute, die nach zwei gescheiterten Startups was mit Menschen machen wollen. Leute, die nicht mehr an eine Karriere bei Accenture glauben. Leute, die nach einem Praktikum nichts mehr mit Medien machen wollen. Leute, die festgestellt haben, dass Kreativität auch nur ein Wort ist. Leute, die auf Fleisch stehen und Veganer hassen. Leute, die sich hart hocharbeiten wollen, um später mal ein eigenes Kommando zu führen. Leute, die Wurst super finden. Leute, die unser Land verteidigen wollen. Leute, die uns super finden. Fans.

Wir wählen die aus, die uns gefallen. Die wollen. Die bereit sind, den Test zu machen. Denn erst nach dem Test weißt du, ob es wirklich Leute für das Kommando sind.

Der Test: Zieh eine AKW-Uniform an, nimm eine AKW-Fahne und stell dich drei Tage ans Kottbusser Tor. Nimm die Fahne und stell dich drei Tage an den Leopoldplatz. Nimm eine Fahne und steh drei Tage auf dem Pariser Platz, drei Tage auf dem Alex, drei Tage am Olivaer Platz, dem Savignyplatz, dem Platz der Nationen, dem Karl-Marx-Platz, dem Adenauerplatz.

Lass dich anmachen, ausfragen, auslachen, bepöbeln, bespucken, beschimpfen.

Kommst du nach drei Tagen mit der Fahne und sauberer Uniform zurück, bist du dabei. Kommst du ohne Fahne zurück, aber mit den Spuren eines Kampfes, bist du dabei.

Von fünf Bewerbern schaffen es zwei.

Am meisten beeindruckt mich Melanie. Sie ist zierlich, trägt einen strohblonden Pagenschnitt, wirkt trotzig bis unter die

Haarwurzeln. Ich hätte keine Grobe Kobe auf sie gewettet. Aber Melanie kommt nach drei Tagen nicht nur mit der Fahne zurück, sondern auch mit einer Schar von Anhängern, die sich mit ihr vor der Theke aufstellen und deklamieren:

Wir als Gemeinschaft lassen uns die Deutsche Wurst nicht nehmen, auch wenn wir dafür beschimpft und verfolgt werden.

Wir sind eine Gemeinschaft, die mit Stolz am Grill steht und mit Verachtung auf das schaut, was globale Konzerne dem Volk in die Tiefkühltruhen schmuggeln.

Wir sind eine Gemeinschaft, die Liebe und Treue nicht gegen Bonus-Punkte tauscht. Eine Gemeinschaft, die sich lieber hingibt als aufgibt und die Metzger, Schlachter, Jäger, Hausfrauen und Mütter ehrt, wie es unsere Väter getan haben.

Glaubt nicht, das wäre nur die Einleitung für eine Speisekarte. Nein, es ist eine Kampfansage: In Wurst ist Wahrheit!

Die Gretels klatschen und pfeifen. Das Publikum steht auf. Ich bin ergriffen.

»Wo hast du das her?«, frage ich.

Melanie hat den Grundtext aus dem Internet und ihn für ihre eigenen Ansichten angepasst. Hat den Text während der drei Tage immer wieder deklamiert, bis andere mitgesprochen haben.

Willkommen bei Alternative Kommando Wurst, Melanie.

Lise schmiegt sich an mich.

»Ich habe Lust«, sagt Lise und beißt mich in die Schulter, knibbelt an ihrer Bluse. »Siehst du den Jungen da drüben? Er will es auch, ich kann es spüren …«

55

Aron liegt gefesselt auf dem Bett. Lise sitzt auf seinem Gesicht, kreist mit dem Becken, dirigiert seine Zunge durch ihre Spalte. Aron ist klein, drahtig, mit einer müden Seele, einem mürben Schatten.

Lise hat ihn aus der Gruppe gepflückt wie überreifes Obst. Lise weiß genau, wer der Richtige für sie ist, wer geben *will*, wie sie es nennt.

Lise ist in ihrer Rolle gewachsen.

Es gibt viele von den jungen Seelen, deren Sehnsucht nach dem Ende größer ist als jeder andere Wunsch. Sie haben ihre Körper geschmückt, tragen Bilder und Piercings, wilde Frisuren, um die Leere ihrer Seelen zu übertönen. Sie kommen nach Berlin, um hier einen Aufbruch zu finden, der sie mitnimmt in ein wahrhaftiges Leben und von dem die Blogs und Reiseberichte erzählen.

Sie schwappen wie eine Welle aus Gischt um den Erdball, ein feuchter Hauch, von Auckland nach Ko Samui, Mumbai, Tel Aviv, Berlin, ein Treat auf Instagram, ein Echo auf Facebook, schon am nächsten Tag aus allen Timelines verschwunden. Sie haben nichts mehr zu bieten als ihre Jugend. Sie achten auf ihre Körper, trinken den ganzen Tag ganz viel Wasser. Sie sind wie frisches Gemüse. Knackig, bereit, leicht verdaut zu werden.

Lise spielt mit Arons Schwanz; klein und dick sticht er aus dem dichten Schamhaar heraus.

Mich durchzuckt ein Gedanke; Aron als Name, beschnittener Schwanz? Mir wird ganz heiß. Ich packe Lise am Hals, ziehe ihren Kopf nach oben. Sie hat sich an der Eichel verbissen, will nicht loslassen.

Ich klebe ihr links und rechts eine.

»Muss mit dir reden!«, zische ich sie an.

»Was?« Lises Augen funkeln geil und angriffslustig. *Stell dich nie zwischen einen Nazgûl und seine Beute!* Schlacht auf dem Pelennor, *Herr der Ringe.*

»Das ist ein Jude!«

Lise glotzt mich blöde an, sie will wieder an den Schwanz, sie ist ein emanzipiertes Mädchen, sie bestimmt selbst, wer sie missbraucht; Aron schmatzt zwischen ihren Schenkeln.

Ich werde sauer.

»Wir als Deutsche können doch keinen Juden ...«, ich ziehe die Finger über die Kehle. »Du weißt schon! Das machen wir nicht mehr. Juden sind tabu!«

»Er will es, will es wirklich!«

Aron stöhnt und schmatzt und leckt.

Lise schwingt sich von Arons Gesicht, leckt es ihm sauber.

»Der böse alte Papa hier sagt, wir dürfen dich nicht erlösen, weil du Jude bist! Bist du Jude?«

»Bitte?« Aron hebt den Kopf. »Ist das jetzt ein Problem?«

»Nein.«

»Ja.«

Lise seufzt, legt sich neben Aron, umarmt ihn, zieht mich hinter sich. »Papa sagt, wir dürfen nicht!«

»Was dürft ihr nicht?«, will Aron wissen.

»Schon gut.« Lise schiebt sich langsam wieder an Arons Schwanz. »Schon gut.«

Wir machen noch eine Weile halb verlegen miteinander rum, aber der Schmackes fehlt. Als wir keine Lust mehr haben, schmeißen wir Aron Weizman raus.

Später, wir haben eine Ewigkeit schweigend nebeneinandergelegen, zieht Lise mich ganz dicht zu sich, nimmt mein faltiges Gesicht in ihre Hände und sagt: »Ich habe viele Leute getroffen, die waren reich, die hatten alles, was sie haben wollten. Die waren alle kacke. Wir werden nicht kacke, oder?«

»Bevor wir kacke werden, bringen wir uns gegenseitig um«, schlage ich vor.

»Das ist schön. Wie willst du sterben? Ich will, dass du mir die Kehle durchbeißt. Schaffst du das?«

»Ich kann es versuchen.«

»Und du?«

Ich überlege.

»Von hinten ins Herz.«

»Oh, da haben wir ein Problem.« Lise knabbert an meinem Hals. »Wenn du mir die Kehle durchbeißt, kann ich dich nicht mehr von hinten ins Herz. Wenn ich dich von hinten ins Herz, kannst du mir nicht mehr die Kehle durchbeißen.«

»Mir wird was einfallen.« Ich schließe die Augen. »Mir ist immer was eingefallen.«

»Versprochen?«

Ich nicke stumm.

Ich habe in meinem Leben als Berater schon einiges versprochen. Manches habe ich gehalten.

56

Es fängt schneller an zu nerven, als ich gedacht hätte – die gleichen Fragen, die gleichen Antworten, die gleichen Meinungen, die gleichen Schubladen, die gleiche Denkfaulheit, Ignoranz, Dummheit, als Haltung getarnt. Das immer gleiche Spiel – links, rechts, oben, unten, hinten, vorn, zur Seite, ran!

Ich habe mich zur Teilnahme an einer Diskussionsrunde breitschlagen lassen. Es geht um die weitere sozialverträgliche Entwicklung der Karl-Marx-Straße.

Die Bezirksbürgermeisterin hat was gegen AKW. Sie sagt, wir würden »regional« sagen, aber wir würden »national« meinen, das sei klar.

Brandenburg, sage ich, bäuerliche Betriebe, Handwerksbier von hier, statt aus den Tanks der Konzerne. Ob es ihr Interesse sei, die Konzerne zu unterstützen?

Das ist natürlich nicht ihr Interesse; sie fühlt sich moralisch im Recht, aber es fehlen ihr die Argumente zum Gefühl. Sie unterstellt uns Ethnopluralismus. Der ist böse.

Ich frage sie, ob sie meint, Türken, Libanesen, Syrer sollten sich nicht besuchen, sondern gleich zusammenwohnen?

Das finden die Türken, Libanesen, Syrer nicht gut. Die Türken, Libanesen und Syrer finden AKW gut. So können sie ihren Kindern zeigen, was deutsche Küche ist. Als die Bürgermeisterin in Rage ein Bratwurstverbot zu Ramadan vorschlägt, kippt die Stimmung. Mohammed hat mit seinen Leuten ganze Arbeit geleistet. Die Bürgermeisterin tut mir leid. Ich spende 10.000 Euro für ein integratives Sozialprojekt.

Der Triumph macht keine Freude. Es ist so einfach.

»Alles gut im Laden?«, frage ich Lise per WhatsApp, während ich auf dem Weg nach Hause bin.

»Lust auf ein Schneewittchen, Papa?«, fragt sie zurück. Lises Verlangen ist nach der missglückten Party mit Aron noch unbefriedigt.

Ich bin nicht darauf vorbereitet. Aber ich habe gerade 10.000 Euro zum Fenster rausgeschmissen, die ich mir durch die Steuertür wieder reinholen muss. Da finde ich ein kleines Fest angemessen.

57

Das Mädchen, das Lise mitbringt, heißt Goda.

»Ist sie nicht schön?«

Lise dreht Goda einmal um ihre Achse, Haut weiß wie Schnee, Haare schwarz wie Ebenholz, im linken Nasenflügel ein kleiner goldener Ring. Das Schönste an ihr ist ihr Lachen, das immer breiter wird, je mehr Lise von ihrem Körper freilegt.

»Ich liebe Berlin!« Goda hilft Lise mit dem Reißverschluss. »Ich liebe die Freiheit!«

»Darauf sollten wir anstoßen! Champagner?«

Goda lacht. Sie liebt Champagner. Sie liebt ein duftendes Bad. Die Mädchen legen sich in die Wanne, bewerfen sich mit Schaum, trinken Champagner. Lise versucht, zuerst ihren großen Zeh, später den ganzen Fuß in Godas Möse zu schieben. Goda stöhnt. Ihre Haut ist fast so weiß wie der Badeschaum, aus dem ihre rosigen Nippel ragen.

»Du …« Goda fasst meinen Kopf und zieht mein Ohr an ihre Lippen, flüstert: »Habt ihr Drogen?«

Natürlich haben wir die. Wir sind im Service. Ich löse eine schöne Löffelspitze Crystal Meth für Goda im Champagner auf.

Als Goda zugreifen will, zieh ich das Glas weg. Goda streckt sich, ihre Brüste heben sich; Lise packt ihr linkes Bein und reißt es nach oben, Godas Kopf verschwindet unter Wasser. Lise zieht die Beine noch ein Stück weiter; Goda schlägt um sich, findet Halt am Wannenrand und kommt wieder hoch. Sie prustet, lacht: »Ihr seid verrückt.«

»Sind wir«, kichert Lise.

Ich reiche ihr das Glas.

Später wickle ich sie in ein Badetuch und trage sie rüber ins Bett, wo sich Lise über sie hermacht wie über eine frische Sahnetorte. Ich riech an Lises Arsch; alles duftet, alles ist weich und voller Leben. Ich mache Musik an, entzünde die Kerze vor der schwarzen Göttin. Es muss seine Ordnung haben. Und zu Ordnung gehört, dass Lise das Spiel eröffnet.

Lise ist die Meisterin der Hingabe. Wie eine große Katze spielt sie schnurrend mit ihrer Beute. Sie gibt Goda das Gefühl, dass es ihr Wille ist, dass hier ihre Träume erfüllt werden. Das werden sie ja auch, so oder so. Diese neue Generation der Um-die-20-Jährigen ist phänomenal. Ich habe die Beobachtung gemacht, dass sie zu jeder Erniedrigung bereit sind, wenn man ihnen nur erklärt, dass sie es wollen müssen, um an ihrem persönlichen Wachstum zu arbeiten.

»Ihr müsst ganz zart zu mir sein, ja, ihr müsst mich halten, ja?« Goda schlingt die Arme um Lise.

Lise wiegt sie, hält sie, knetet sie, ist verspielt.

»Wollte ihr mich fesseln?«, fragt Goda.

Wir wollen. Wir spielen. Wir spreizen Schenkel, öffnen Lippen, dehnen Muskel, küssen und beißen, sind viel mehr am Spiel interessiert als an seinem Ende. Schweiß steht auf Godas Oberlippe, sie kaut genussvoll vor sich hin. Das Meth wirkt. Goda ist drauf; sie liegt auf dem Rücken, hat die Beine an die Brüste gezogen, die Unterarme durch die Kniekehlen gesteckt und hält ihre Fesseln mit den Händen fest. Ihre Möse und ihr Arsch stechen rosig aus ihrer weißen Haut, ein bläulich schimmerndes Netz von Adern liegt unter dem Weiß wie eine heimliche Landkarte.

»Bei euch fühle ich mich sicher. Habt ihr ein Messer?«, fragt Goda mit sehnsuchtsvoll bangenden Augen. »Bitte.«

Ja, wir haben Messer. Wenn Goda wirklich loslassen will, dann sind wir bereit zu helfen.

Ich stehe einen Moment vor dem Messerblock, den Meester bestückt hat. Was kleines Scharfes, Blutig-Nahes? Oder die Klinge der Vorsehung; der saubere Schnitt? Welcher Stahl passt zu

Godas weißer Haut? Ich entscheide mich für das Miyabi-Santoku-Messer – polierter Griff aus dunklem Holz und eine 18 Zentimeter lange Klinge aus 63-fach gefaltetem Stahl; schwarz wie Ebenholz, weiß wie Schnee. Jedes Märchen steht auf blutigem Grund.

»Ja, ja, ja!«

Goda liegt starr vor lustvoller Angst, den Hals überdehnt, die Arme zur Seite weggestreckt, am Kreuz zwischen Hin- und Aufgabe.

Ich halte Goda das Messer an die Kehle, während ich sie ficke. Ich drücke die Klinge tiefer, dass die Haut weiß wird unterm gefalteten Stahl, die Schneide sich ins Fleisch zieht, einzelne Bluttropfen sich zu einer dünnen Linie zu vereinen beginnen.

Ich schaue auf Lise. Ich schaue in ihre Augen. Ihre Augen sind nachtblau angelaufen, der Unterkiefer vorgestreckt. Sie hechelt, ihr Nicken ist mehr ein Zucken. Ich verstehe.

– Ja?

– Ja.

– Wirklich?

– JA!

Freiheit ist immer die Freiheit, die du dir nimmst. Ich kann nicht anders.

Ich folge dem pumpenden Atem Godas zum Höhepunkt, schiebe meinen linken Arm durch ihren gewölbten Rücken, packe ihr Haar unterm Nacken, zieh ihren Kopf nach hinten, dass die Kehle sich weiter nach oben wölbt, sehe die feine Maserung ihrer Haut, die zarten Adern – und ziehe die Klinge mit der Rechten schnell und kraftvoll durch ihren Hals.

Zuerst verändert sich gar nichts.

Goda fickt weiter, bevor sie realisiert, dass sie stirbt. Aber weil ihr Körper sich aufbäumt, eine postume Welle von Panik durch sie flutet, beginnt die dünne rote Linie aufzuklaffen, reißt der Schnitt an ihrem Hals auf.

Das Zittern! Das Verlangen nach Luft und Leben! Das Beben im Übergang; wie die Augen wegkippen, wie sie stehen bleiben, ich beuge mich über Godas Augen, um es zu sehen: Die Welt, in der du wohnst, ist so ein grausam schöner Ort, dieses Opfer bring ich dir, du Schöne, du Grausame, die du hinter der Zeit wohnst, du Alles-Gebärerin und Alles-Verschlingerin. Das ist für dich, Kali!

Ich hebe das Messer und stoße es ihr mit aller Kraft unter dem Kehlkopf durch Luft- und Speiseröhre bis tief in die Nackenwirbel.

»Für dich!«

Godas weißer Körper zuckt noch einmal hoch; Arme und Beine, Hände und Füße versuchen allesamt in eine andere Richtung zu entkommen.

Lise starrt mich mit offenem Mund an; Gier in den Augen, Speichel fließt ihr aus dem Maul.

Ich fletsche die Zähne wie ein Schakal, der seine Beute bewacht: Das ist meine!

Ich ziehe meinen Schwanz aus dem toten Mädchen. Mein Sperma läuft aus ihr heraus, als wolle es keine Sekunde länger in dem kalt werdenden Haus bleiben.

Lise fällt mit blutigen Lefzen vornüber auf meinen halb erschlafften Schwanz. Ich drücke ihren Kopf mit der Linken tief und fest gegen mein Schambein, greife mit der Rechten über sie, schieb ihr zwei Finger in den Arsch und drücke ihren ganzen Körper fester gegen mich. Als ich in ihrem Anus keinen Widerstand mehr spüre, zieh ich meinen Schwanz aus ihrem Mund und meine Finger aus ihrem Dickdarm. Japsend fällt sie auf die Seite, schnappt nach Luft. Ich beuge mich über sie, spucke ihr in den offenen Mund.

»Ruf Meester!«, belle ich Lise an. »Mach sauber.«

Sie nickt.

Oh, süße Lust des Gebrochenwerdens; jeder Schrei des Ichs ist Sehnsucht nach Unterwerfung unter ein Wir.

Ich ziehe meinen Anzug an. Ich will gut aussehen, ich will gesehen werden, die Stadt spüren. Wenn du den Mut hast, dich aus dem Dickicht der falschen Zurückhaltung zu lösen, dich wirklich frei zu machen, dann ist es nicht dein Geist, der mit Wissen belohnt wird, es ist dein Körper.

58

Ich laufe über den Potsdamer Platz. Die Lichter sind ohne Kraft, sie flackern. Wenn ich will, kann ich sie auspusten. Die Häuser erscheinen winzig. Ich bin ein Riese in einer Stadt voller Zwerge. Es ist immer ein Akt der Gewalt, über sich hinauszuwachsen: Der Raum birst, der Himmel reißt, der Kopf muss durch die Decke. Ich will richtige Menschen sehen, aber ich finde keine. Überall nur Aufziehpuppen. Ich mache einen großen Schritt rüber zur Leipziger Straße. Ich wittere Blut, schmecke Hämoglobin auf der Zunge. Das ist Ivana, hier irgendwo ist sie unter die Räder gekommen, bevor sie eine Meldung in der Tageszeitung wurde. Ivana! Jedes Blut hat sein ganz eigenes Aroma. Leuchtende Striche auf dem schwarzen Asphalt zeichnen eine liegende Gestalt; Blut glänzt dazwischen wie rotes Quecksilber und reflektiert die Kälte des Universums.

Wie wirst du Opfer?

Ich mache einen plötzlichen Ausfallschritt auf die Straße. Hupen brüllen, Bremsen quietschen. Jemand schreit hinter mir her. Es hat keine Bedeutung.

Opfer wirst du nicht.

Opfer bist du.

Opfer und Täter: Die Auswahl läuft, ich habe die Zeichen gedeutet; das Geld fließt bergauf, die Gipfel werden besetzt; wenn nicht mit Reichtum, dann mit dem Messer. Bald wird die Flut kommen, und alles unter einer Milliarde auf dem Konto wird nicht über die Mauer kommen; die Bergkämme und die Gipfel, die hohen Rücken und Hochplateaus sind alle schon lange in privatem Besitz; Burj Khalifa, Tokyo Skytree, Shanghai Tower sind für die Flut gebaut. Das Volk wohnt im Tal.

Ich sehe den Schatten eines Tieres neben mir laufen. Es ist

groß und gefährlich. Es gefällt mir, es ist mein Schatten; alles um mich ist schwarz wie der Abgrund, er hat begonnen, durch mich hindurchzuwachsen; durch meine Augen, durch meine Poren; ich blecke die Zähne. Der Penner, der mich um eine Zigarette anschnorren will, verstummt im Satz. Die Antänzer und Diebe drücken sich in die Ecken, die Nutten pressen ihre Schenkel zusammen und halten ängstlich nach ihren Zuhältern Ausschau. Die lassen sich nicht blicken. Selbst die Polizisten wechseln die Straßenseite und verweisen auf ihre schlechte Ausrüstung.

Aus dem tiefen Dunkel der alten Steine grüßen die Sturmbannführer, die Folterknechte, Mörder und Henker von SA und SS, die Politkommissare und Tschekisten mit römischem Gruß und geballten Fäusten. Ihre Hände sind blutig, Ketten von Schädeln hängen um ihre Hälse, den 9-mm-Einschusslöchern in ihren Schläfen ist keine Ideologie anzusehen. Die englischen Bomberstaffeln werfen fliegende Schatten, ihr feuchter Traum ist ein Feuersturm. Sie ejakulieren Napalm, ihre erhobenen Daumen leuchten wie Leuchtspurgeschosse: brave man!

Keiner ist wie ich.

59

Meester und ich sitzen hinterm Speicher am betonierten Ufer der Spree, wie wir es früher oft getan haben. Wir halten beide ein Bier in den Händen und schauen rüber zur Mühlenstraße und zur Pop- und Sportarena, wo Kräne in den Himmel ragen und neue Türme aus Beton und Glas wachsen.

Es ist nicht wie früher.

Meester ist geschrumpft. Von dem, was mich einst beeindruckt hat, ist nicht mehr viel übrig. Der dunkle Krieger ist eine dürre Scheuche geworden. Die Allergie macht ihn fertig, beutelt ihn mit harten Hustenanfällen, aber er kann nicht aufhören zu essen. Die Adern liegen wie alte Schläuche über den dünnen Muskeln seiner Arme, seine Augen schauen gehetzt aus tiefen Höhlen. Seine Wangen sind Löcher. Er jagt nicht mehr. Seit Monaten schon kaufen wir Wild bei Mecklenburger Jägern.

»Alles gut bei dir?«, frage ich.

Meester meint, es laufe. Er unterdrückt ein Husten.

»Du siehst scheiße aus.«

Meester starrt mich an, hebt sein Bier, prostet mir mit einem sarkastischen Lächeln zu.

Ich zucke mit den Schultern.

»Wir können natürlich auch drumrumreden.«

Meester meckert ein Lachen, das schnell verstummt.

Auf der Spree zieht ein Schubprahm vorbei, der schwere Motor dröhnt über dem Fluss. Meester schnippt ein Steinchen ins Wasser, versucht, eine Möwe zu treffen. Der Vogel fliegt kreischend auf.

»Nichts kann einem den Tag mehr versauen als Wünsche, die wahr werden, oder?«

Meester nickt und starrt aufs Wasser.

Das Gespräch ist ein Déjà-vu.

Ich habe es vor fast 20 Jahren mit Alexander geführt. Damals, als MixelPixel richtig lief und jeder noch vor Bewunderung erstarrte, wenn er das Wort »application« hörte.

Die gleiche Verlorenheit damals in Alexanders Augen. Als wäre ihm ein Traum geklaut worden. Es käme ihm vor, sagte er, und ich erinnere mich noch genau an seine Worte, als hätten wir mit einem Mal alle Zukunft schon hinter uns – als wäre alles, was noch käme, bloß Vergangenheit.

Alexanders Verstand war schneller als meiner. Aber ich bin der, der mit der Vergangenheit besser leben kann. Alex wollte es nicht kapieren: Wiederholung ist das Geheimnis des Erfolges. U2 haben eine Weltkarriere auf einem einzigen Song aufgebaut, den sie immer wieder variiert haben; Lady Gaga nur auf einem einzigen Kostüm.

So sieht es aus.

Erfolg ist die Strategie des Marktes, eine gefährliche Idee harmlos zu machen, ihr den Stachel zu nehmen. Ich habe ein Gespür für Ideen. Ich habe nur nie eine eigene. Deshalb. Die wirklich Kreativen halten das nicht aus – halten Erfolg nicht aus. Vor allem die Verrückten nicht, weil er für sie keine Rolle spielt. Weil sie was ganz anderes suchen. Sie haben nicht das Gefühl, was zu bekommen. Sie haben nur das Gefühl, was zu verlieren.

Alexanders schwacher Punkt waren Drogen und Geschwindigkeit. Ich kaufte ihm zur Motivation einen Porsche 911 Turbo, 420 PS, Allrad, das neueste Teil. Drei Tage später wickelte er sich damit um einen Brandenburger Alleebaum.

Sie sagten, er sei sofort tot gewesen. Es gab weder Bremsspuren noch Gegenverkehr. Aber es gab Crystal in seinem Blut.

Wir waren alle sooo geschockt.

Im Gegensatz zu Alexander hat Meester keine Lust auf Geschwindigkeit, er hat nicht mal einen Führerschein. Er ist der Mann, zu dem du dich im Zugabteil nicht setzen willst. Wenn ich es nicht mache, hat er Bartosz, der ihn fährt. Fleisch ist immer noch eine Währung.

»Kann ich was für dich tun?«

Meester meint, noch ein Bier wäre gut.

Ich stehe auf, gehe rein in die Werkstatt.

Wir sind mittlerweile die größten Mieter im alten Spree-Speicher. Unsere Wagen stehen auf dem Parkplatz, werden gerade neu bestückt. Über der Tür haben wir einen Neon-Schriftzug angebracht: »Oberstes Wurstkommando«. Es ist eine richtige Produktion geworden: zwei Häcksler, Füllmaschinen, Wurstkessel, Trockenkammer, Räucherkammer, Kühlboxen. Unsere alte Wurstwerkstatt ist jetzt Meesters Versuchsküche. Dort macht er die Gewürzmischungen fertig. Dort wohnt das Wurst-Mysterium.

In der Werkstatt rennen Leute rum, Fleisch hängt an Haken, die Fleischwölfe heulen, Masse wird in Därme gedrückt. Mitarbeiter erkennen mich, grüßen.

»Wurst!«

Am Direktverkauf stehen die Leute Schlange. Ich muss für ein paar Selfies herhalten.

»Lasst euch nicht unterkriegen!«

»Bleibt, wie ihr seid, AKW!«

Ich bedanke mich, verspreche, standhaft zu bleiben.

Drinnen fische ich zwei Bier aus dem Eisschrank in Meesters Labor und gehe zurück ans Ufer.

Meester hat sich kein Stück bewegt.

Ich drücke ihm die Biere in die Hand. Er öffnet die Flaschen mit dem Rücken des Entbeinmessers.

»Hab eine Idee«, flüstere ich.

Meester schaut auf, reicht mir meine Flasche.

»Schreib ein Buch, ein Kochbuch. Die Leute lieben unsere Würste. Die Leute lieben Kochbücher. Schreib die Rezepte auf und werde unsterblich. Titel: *Mein Kampf – um die Wurst.*« Ich lache. »Nee, so darf es auf keinen Fall heißen! Findet keiner witzig. Ohne Quatsch, schreib ein Kochbuch.«

»Ernst?«

»Ja. Stell dir vor:

Stefan Meester
Von Deutschem Wald & Deutscher Wurst
Die Rezepte der Alternative Kommando Wurst

Die Leute werden es lieben! Die Leute werden dich lieben!«

Meester schaut mich an. Ich sehe das kleine Flackern der Gier in seinen Augen. Unsterblichkeit ist etwas, dem die meisten Menschen nicht widerstehen können.

»Kann ich nicht. War noch nie Schreiber.«

»Ich helfe dir.«

...

»Klar.« Ich nehme einen tiefen Schluck von meinem Bier. »Du schreibst die Rezepte auf – Grammatur, Gewürze, Zubereitungsart. Ich kümmere mich um den Rest.«

Meester will, dass wir es zusammen machen.

»Wenn du willst! Lise auch?«

Er will sie nicht dabeihaben.

»Is was passiert?«

Meester wirft seine leere Flasche ins Wasser. Er meint, er hätte sie nie an mich ranlassen dürfen.

»Warum denn das?«

Weil sie dich mit ihrer Fotze frisst, sagt er.

Ich lache ertappt.

»Eifersüchtig?«

Meester macht eine abfällige Bewegung mit der Hand. Es sei unsere Idee gewesen, sagt er, nicht ihre.

»Ist es immer noch.«

Meester schüttelt den Kopf.

»Doch«, beharre ich. »Wir haben es gemacht wie besprochen: Das Wurstvolk mag stramme Titten. Dafür haben wir sie geholt«, sage ich und stehe auf. »Wenn die Titten hängen, werden sie durch neue ersetzt. Das Gesetz des Marktes. Mach dir keinen Kopf. Deine Rezepte und das Buch sind was für ewig. Du bist AKW!«

Ich fühle mich besser, als ich mich von Meester verabschiede. Ich werde endlich die Rezepte schwarz auf weiß haben – egal wie das mit Meester, seinem Herrenwurstkonsum und seinem Husten ausgeht.

60

Am Abend habe ich eine Verabredung mit Zwänger.

»Schicke neue Uhr. Habe ich noch nicht bei dir gesehen!« Zwänger lehnt sich in der Bank zurück und grinst. »Steht dir!«

Wir sitzen im »Grill«, in der Anselm-Kiefer-Loge, trinken einen Riesling von Jh. Jo. Brüm.

Zwänger hat sich durch sein karamellisiertes T-Bone gefressen, ich habe einen auf der Haut gebratenen Butt mit Salat gehabt. Der Service ist exzellent, und immer wieder kommt Naumann, der Chef des Ladens, bringt ein Schnäpschen oder einen Appetithappen aus der Küche.

»Ein Geschenk von Lise«, sage ich und spiele mit der Lünette der Breitling, die mit Steinen besetzt ist. Ich finde die Uhr zu protzig, aber Lise freut sich. Außerdem merke ich schnell, wie viel Respekt meinem Handgelenk plötzlich entgegengebracht wird. Beppo ist ganz begeistert, Mohammed spricht mich drauf an, und Zwänger hat auch ein Auge dafür.

Zwänger beugt sich zu mir.

»Geht in die richtige Richtung. Die Uhr, meine ich. Wir müssen größer denken! Jetzt, wo Amerika wieder Interesse hat an der deutschen Wurst, der ganzen Idee – regional, Wald und Heimat. Dinge mit Herkunft, Ende des *Made in China*, verstehst du?«

Ich verstehe nicht.

»Warst du nicht mit einer Investorengruppe aus Tel Aviv im Gespräch?«

Zwänger winkt ab. »Als *fall back option*. Aber natürlich müssen wir mit der Zeit gehen, wenn die Zeit uns eine Tür öffnet. Das tut sie gerade.«

»Konkret?«

Zwänger kriecht fast in mich, dimmt seine Stimme auf Verschwörerflüstern: »Wie würde es dir gefallen, wenn wir in Manhattan starten – im Tower?«

»Was?«

Zwänger kratzt sich mit seinen kurzen Fingern am Kinn. »Ein alter Freund hat Beziehungen zur Familie ... *Donald & Sons*, wenn du verstehst. Er hat mal unverbindlich eine Ladung Grobe Kobe rübergeschickt ... ich will nur sagen: Sie kam gut an!«

Ich spüre, wie gutes altes Adrenalin durch meine Adern schießt.

»*Der* Tower? Kein Scherz?«

»Kein Scherz.«

»Ich bin beeindruckt.«

Ich hebe das Glas, und wir stoßen mit einem satten »Kling« an. Das ist der direkte Weg. Autobahnauffahrt, Vollgas, rüber auf die Überholspur und dann nur noch geradeaus. Ich kann es spüren. Ich weiß sofort: Ich werde meinen Malochern nichts davon erzählen. Es interessiert sie auch nicht wirklich – sie wollen machen, was sie tun. Perspektive ist nicht ihr Ding. Macht ihnen höchstens Angst. Das Timing ist perfekt; McDonald's hat 'ne Krise, Burger King schwächelt, und die halbe Welt hat die Nase von der amerikanischen Globalisierung voll. Da ist Platz für ein deutsches Slow-Food-Fast-Service-Unternehmen.

Natürlich gibt es noch keinen konkreten Plan, kein Timing. Aber es gibt eine sehr positive Grundstimmung. Zwänger will wissen, ob es bei mir eine grundsätzliche Bereitschaft gibt. Ist ja doch ein großer Schritt.

Keine Angst vor großen Schritten!

»Oktoberfestwochen bei AKW. Weltweit!«

»Volkstrauertag, weil wir auch sensibel sind!«

»Führergeburtstag?«

»Nur in Asien! Die stehen drauf.«

Das ist ein Scherz. Es fühlt sich super an. Das kannst du in jedem Motivationsbuch lesen – die Welt wird durch ein Ziel erst schön: zuerst Berlin, dann Manhattan, dann Washington, dann Los Angeles, Las Vegas, Mexico City, Lima, Addis Abeba, Hongkong, Weltherrschaft.

Warum nicht?

Ich lehne mich zurück, und in diesen Momenten, wenn aus einer Idee ein Geschäft und aus einem Geschäft Geld und aus Geld die Aussicht auf Ruhm wird, scheint mir AKW wie ein Kaleidoskop; du drehst die Röhre, alles verändert sich, von außen bleibt es ein Papprohr mit einer Linse und ein paar Spiegeln. Draußen nicht der Rede wert, aber drinnen eine eigene Welt. Ich liebe sie. Ich schüttle das Rohr; *kalós eidos skopéin*: schöne Dinge sehen.

Ein älterer Herr mit rotem Gesicht und blauen Adern über der Nase fragt, ob er kurz stören dürfe.

»Schon passiert!«, bescheide ich ihm.

Er lacht, ist aber unbeeindruckt. Er erzählt kurz und mit rollendem fränkischen R, dass er Hubert Schmitz heiße und Bundestagsabgeordneter sei. Er will sich dafür einsetzen, dass vegetarische Wurst nicht mehr Wurst heißen dürfe und Tofuschnitzel nicht mehr Schnitzel, und einmal in der Woche müsse es einen Schweinefleischtag in allen öffentlichen Einrichtungen geben.

»Mit der Verarsche des Volkes muss Schluss sein!« Dann wird er emotional: »Dass man wieder deutsch essen darf! Eine große Inspiration.« Er nimmt Haltung an. »In Wurst veritas!«

»Politik!«, sagt Zwänger kopfschüttelnd, als der Abgeordnete wieder an seinem Tisch Platz genommen hat. »Da solltest du noch mal drüber nachdenken. Politik geht immer!«

61

Ich bin satt. Meesters Gier und Lises Verlangen – es interessiert mich nicht mehr.

Ich bin der Chef.

Ich verkaufe die komplette letzte Charge Herrenwurst an Zwänger. Jedenfalls das, was Meester als komplette Charge vom Goda-Fleisch herausgibt. Zwänger schickt sie mit einem Spezialboten des Diplomatischen Dienstes sofort nach Washington weiter.

»Damit kriegen wir sie«, frohlockt er. »Wenn sie das probieren, sind sie hin und weg.«

Es ist wirklich sehr zartes Fleisch.

Ich habe es in jeder Form gekostet.

Fast täglich rufen irgendwelche verpissten Generalbevollmächtigten, Vermittler, Anwälte und sonstigen Jäger des schnellen Geschäfts an, um mir Angebote zu machen – Lizenzübernahmen für Dosenwurst, Bettwäsche, Schmuckkollektionen, Shampoo, Autofelgen, Wandtattoos. Und jeder tut so, als habe er das sichere Verfahren, um aus Scheiße Gold zu machen. Der Markt, der alte Sack, belagert uns. Er will uns so schnell wie möglich einsacken, abhängig machen. Er will uns vertikalisieren und trivialisieren – noch ist die AKW gefährlich, weil sie nicht mitspielt. Sie hat keine Sehnsucht nach Venture Capital. Sie buhlt nicht um Likes. »Investieren Sie fünf Euro, und erreichen Sie 1.000 Leute mehr.« Warum? Bei uns gibt es nichts für umsonst und keine Studentenrabatte. Du musst dich anstrengen, um reinzukommen. Du musst dich bekennen: *Wir lehnen fleischlose Würste aus ideologischen Gründen ab!* Wenn du dabei sein willst, kannst du dir die Fahne nehmen, und sie bedeutet was: Wurst ist Wahrheit!

Gegen den Markt zu sein ist unser Markt. Tausend Wurstkommandos sind der kleine Bruder von McDonald's; ein Übernahmekandidat für marodierendes Kapital. Burger King hat begonnen, Würste anzubieten. Versuch, es billiger zu machen, versuch, mehr Menge zu machen, und es ist nicht mehr AKW. Wirb mit Anzeigen und Facebook-Posts um Kunden, und es ist nicht mehr AKW. Mach eine Merchandising-Kollektion mit C&A, und es ist nicht mehr AKW.

Ich sitze am Tisch direkt vor dem Tresen, einen Teller mit Würsten vor mir, Lise an meiner Seite. Ich habe zugenommen, ich bin bleich, mir tropft Fett vom Kinn. Ich gefalle mir.

Ich sage: Bettwäsche am Arsch!

Ich sage: Shampoo ins Gehirn geschissen!

Ich sage: Fick dich, Dosenwurst!

Ich sehe Männer vor mir sitzen, die sind so, wie ich mal gewesen bin – nichts in den Händen, Panik in den Augen und den heißen Atem des Monsters im Nacken: Privatschule, Leasingrate, Sommer- und Winterurlaub, Unterhalt.

Ich hasse sie dafür, dass ich so war wie sie!

Ich warte auf eine Nachricht aus Washington: Donald & Sons.

Ich will in den Tower.

Ich will dahin, wo es wehtut.

Ich will keine Leute, die mit Bussen kommen. Irgendwann kommen die immer. Ich will niemanden in Jack-Wolfskin-Jacken. Ich will keinen Abstieg in die Provinz, aus der ich mal aufgebrochen bin. Ich mache mir nichts vor – die Stiernacken, die Wänste, die Presswürste mit Bluthochdruck, das ist unsere zukünftige Zielgruppe, unsere Mehrheit, wenn uns dann fünf Meter im Kühlregal gehören. Nicht jetzt.

Im Restaurant will ich die Jungen, die Entschiedenen, die Gläubigen. Ich will die, die sich für ihre Überzeugungen schlagen, so wie Ewa und Melanie es getan haben. Melanie hat Ewa eine Araberhure genannt. Ewa hat erklärt, dass Melanies Herz der deutschen Wurst gehöre und ihr Arsch jedem Schwanz, der für sie aufstehe.

Es hat richtig auf die Backen gegeben.

Auf welcher Seite stehe ich?

Wenn wir so weit sein werden, den nationalen Wurstwiderstand ins ganze Land zu tragen, dann wird Melanie Dresden bekommen und Ewa Duisburg-Marxloh; jede das Ende, das für sie passt. Wie auch immer, der Laden ist die meiste Zeit kurz vorm Explodieren. Also scheißen wir auf die Wurstdemokratie und stellen jemand vor die Tür. Ab 21 Uhr geht es nur noch mit Reservierung und Gesichtskontrolle. Luxusproblem.

Meester ist ein echtes Problem. Selbst Bartosz hat mir zu verstehen gegeben, dass es mit ihm nicht mehr geht. Also bleibt er in seiner Werkstatt und entwickelt neue Rezepte. Nur leider kommt da nicht mehr viel. In das Restaurant darf er nur noch, wenn er seinen Kontrollgang macht; er ist ein Gründer, das können wir ihm nicht verwehren! Es gibt Tage, da wirkt er wie auf Droge. Seine Hände zittern, zwischen den Anfällen ist er apathisch. Dann schleicht er sich in seine Vorratskammer und kommt kauend zurück.

Fleisch ist Macht.

Macht macht süchtig.

»Wie kommst du mit dem Wurstbuch voran?«, frage ich beiläufig, als er in der Küche nach dem Rechten schaut. »Wie viele Rezepte hast du schon?«

Meester lächelt und bestätigt, dass er vorankommt.

Sein Lächeln gefällt mir nicht.

»Ist ein harter Weg zur Unsterblichkeit!«, versuche ich ihn zu motivieren. »Aber wir sind nahe dran.«

Meesters Licht flackert.

62

Ich sitze am Schreibtisch in meinem Büro, vier Stockwerke über dem Restaurant. Ich habe die Füße auf meinem Art-déco-Schreibtisch und höre einen Mix von Mark Spoon aus den Neunzigern, als es klopft.

Es ist nicht in der Musik, es hat keinen Rhythmus.

Ich gehe zur Tür.

Ob ich Frederic Baecker sei, will die Frau vor mir wissen. Sie trägt einen langen Wollmantel, darunter eine schwarze Bluse und Jeans. Ihr straßenköterblondes Haar ist kurz geschnitten. Ihre graugrünen Augen mustern mich interessiert.

Ich bejahe.

Sie zieht die Hand mit der Dienstmarke aus der Tasche. Ihr Name ist Vera Lohner, Kommissarin bei der Kripo, Vermisstenabteilung. Sie ist vielleicht Anfang vierzig, also als Frau schon alt. Aber sie wirkt interessant, auf für mich verwirrende Art sexy. Ich bitte sie rein, biete ihr einen Sessel und Espresso an.

»Eine Spezialröstung hier aus dem Haus. Wirklich gut!«

»Ich bin gespannt.«

Was für eine Frau! Sie hat sich in den Sessel gesetzt und die Beine übereinandergeschlagen, wie es nur erfahrene Frauen können. Sie ist durchtrainiert. Ich sehe es an ihren Waden. Wahrscheinlich macht sie Kampfsport; Wing Chun oder Krav Maga, Elitebullenzeug. Aufregend.

»Schön haben Sie es hier.«

»Danke. Das wird jetzt kurz laut.«

Ich schalte die Kaffeemühle an und fülle die Siebträger.

»Läuft es gut?«

»Der Kaffee?«

Sie lacht. »Das Wurstgeschäft.«

»Wie geschnitten Brot.«

»Sie sehen müde aus – so um die Augen. Bedrückt Sie was?«

»Ob mich was bedrückt?« Jetzt lache ich. »Erfolg bedrückt mich – er ist so verführerisch. Wenn du erfolgreich bist, dann kommen die, die dich noch erfolgreicher machen wollen – die raten dann, das mit den toten Tieren nicht so nach vorn zu stellen, vielleicht doch eine Veggie-Wurst ins Programm zu nehmen, vielleicht etwas internationaler zu werden ... du fängst mit Wurst an und endest bei Avocado. Dann sitzen plötzlich ganz viele Leute in Multifunktionsjacken und mit Knöpfen im Ohr auf den Bänken und sagen, dass sie es sich anders vorgestellt hätten. Das ist dann das Gegenteil von dem, was wir wollen. Wir haben jetzt Türsteher draußen. Fühlt sich nicht richtig an. Aber ehrlich: Luxusprobleme.«

»Ein Wurstrestaurant ist kein Berghain«, wirft Vera Lohner ein. »Wollen Sie nicht wissen, warum ich hier bin?«

»In allen Krimis, die ich gesehen habe, haben die Bullen Termindruck und fangen sehr schnell an zu erzählen, was sie wollen.«

So ist es. Kommissarin Vera Lohner sucht Vermisste. Im letzten Jahr waren über 3.000 Menschen in Berlin als vermisst gemeldet worden, ohne die vermissten Kinder mitzuzählen. Da kommen noch mal circa 5.000 dazu. Die meisten tauchen nach ein paar Tagen wieder auf – sind bei Freunden hängen geblieben, haben eine Affäre, verstecken sich bei Verwandten vor gewalttätigen Ehepartnern. Aber ein paar bleiben verschwunden. Wenn Angehörige oder Anwälte deswegen Druck machen, dann wird Vera losgeschickt. Sie haben eine neue Gesichtserkennungssoftware bei der Kripo, wo sie einen Roboter über die sozialen Netzwerke laufen lassen – von Facebook über Tumblr bis Instagram.

»Sie haben gar keine Social-Media-Kanäle, kein Facebook oder so?«

Es ist keine Frage, mehr eine Feststellung. Sie löffelt die restliche Crema aus ihrem Tässchen.

»Warum nicht? Ich dachte, bei Ihnen geht es vor allem ums Sehen und Gesehenwerden, Sich-Zeigen. Sie sind doch sonst nicht medienscheu.«

Ich schüttle den Kopf. »Bei uns geht es um Heimat. Das ist ein Ort im Herzen. Es geht ums Erleben, Schmecken, Riechen. Das lässt sich nicht digitalisieren. Wer uns mag, soll herkommen, nicht liken! Außerdem: Wissen Sie, wie aggressiv Veganer und sogenannte Internationalisten sein können? Krebs an den Hals gehört noch zu den netten Wünschen. Ich musste mich mehr als einmal als Faschist bezeichnen lassen. Ich! Nur weil wir eine Haltung haben und nicht das Gegenteil gleich noch mit verkaufen. Muss ich mir nicht geben, meinem Team auch nicht.«

»Verstehe.« Kommissarin Lohner wippt mit dem Fuß. »Ich habe mich schon gewundert.«

»Wissen Sie«, versuche ich ihr zu erklären. »Die Leute sollen ein paar Stunden Spaß haben – Wurst mit gutem Gewissen, leckeres Bier, keine Hemmung, laut zu lachen. Die Welt, wie sie mal war: einfach. Außerdem versuchen wir, ein Geheimnis zu bleiben – unsere Rezepte, unser Logo –, Wurst ist Wahrheit. Wahrheit ist rar in diesem Land. Die Gesinnungspolizei ist überall präsent: kein Gas geben beim Autofahren, nicht im Stehen pinkeln, kein Fleisch essen, nicht mehr bar bezahlen, Sex nur noch ohne Anfassen und mit Unterschrift. Auch deshalb sind wir immer ausgebucht. Wer bei uns war, soll hinterher erzählen können, dass er an was Besonderem teilgenommen hat.«

»Verknappungsmarketing nennt man das, oder?« Ihr Gesicht wird ernst. »Darf ich Ihnen was zeigen?«

Klar darf sie. Sie legt sieben Fotos mit sieben pixeligen Gesichtern auf den kleinen Tisch zwischen die Espressotassen.

»Sieben Bilder, von denen wir glauben, dass sie hier gemacht wurden. Immer um das Datum des Verschwindens der Betroffenen herum.«

»Bei uns herrscht offizielles Fotoverbot.«

»Ja, deshalb ist die Qualität wohl leider auch so schlecht.« Lohner rückt die Fotos zurecht. »Die Welt wäre einfacher, wenn sich alle an die Verbote halten würden – nicht töten, nicht des Nächsten Weib begehren. Da wäre schon mal eine Menge Stress raus. Erkennen Sie wen?«

Ich erkenne vier. Goda sofort, Anders ebenfalls. Bei den anderen muss ich überlegen. Namen kommen und gehen schnell. Der Geschmack auf der Zunge bleibt länger, die Erinnerung an die verschiedenen Düfte für immer.

»Sieben.« Ich nicke.

»Ist was mit der Sieben?«

»Eine besondere Zahl. Drei und Vier; Drei steht für den Geist und Vier für die vier Elemente, den Körper.«

»Was ist das?«

»Zahlenmystik.«

»Woher wissen Sie so was?«

»Ich lese in der Bibel.« Ich könnte mich in den Arsch beißen. Zahlenmystiker, Bibelleser; herzlich willkommen, Herr Psychopath. Ich versuche, die Kurve zu kriegen. »Als ich aufgehört habe, mich als Berater zu verkaufen, habe ich nach Orientierung gesucht – Sinn.«

»Und in der Wurst gefunden?«

Ich lache.

»Ja und nein. Ich habe herausgefunden, dass es gar nicht so wichtig ist, was du machst. Wichtig ist, wie du es machst. Mit wem du es machst. Wussten Sie übrigens, dass die Menge des Fleisches eines Tieres genau in seinen Darm passt? Zufall oder göttliche Fügung?«

»Rubrik unnützes Wissen!«

»Meinen Sie?«

»Definitiv. Wie haben Sie Stefan Meester kennengelernt?«

Ich erzähle ihr, wie Meester mich auf einer Innovationsveranstaltung sprechen gehört hatte, mich ansprach, mir von seiner

Idee erzählte. Wie er mich fasziniert hat, weil er wirklich dafür brennt und weil die Würste großartig sind. »Waren Sie schon mal bei uns essen? Haben sie schon mal probiert? Ich habe hier einen Essensaufzug, ich kann was kommen lassen.«

»Ich bin Vegetarierin.«

»Oh, das tut mir leid. Dann denken Sie wahrscheinlich, dass ich ein schlechter Mensch bin.«

»Da habe ich mir noch keine Meinung gebildet.« Sie lächelt. »Vegetarier bin ich aus Selbstschutz – damit ich nicht das Zeug bei uns in der Kantine esse. Die meisten Kollegen enden mit Magengeschwüren.«

»Ich dachte, das wäre der Stress.«

Sie schüttelt den Kopf. »Es ist das Essen.«

Wir lachen.

Es ist schön.

Ich sage ihr, Menschen mit echtem Feuer seien so selten, dass man sie unter Naturschutz stellen sollte. Findet Frau Lohner auch, wenn auch aus anderen Gründen; sie hat mehr mit Feuern zu tun, die außer Kontrolle geraten sind.

»Verstehe.« Ich nicke mitfühlend und blicke sie erwartungsvoll an.

»Stefan Meester war mal Verdächtiger in einer Vermisstensache. Ist schon eine Weile her, ich habe es in alten Akten gefunden. Die Ermittlungen wurden eingestellt. Wissen Sie was davon?«

»Vielleicht. Meester hat von einem Freund erzählt, den er verloren hat und um den er immer noch trauert. Mehr nicht.« Ich zeige auf die Fotos. »Wollen wir runtergehen und die Mannschaft fragen? Vielleicht erinnert sich jemand?«

»Erinnern Sie sich denn?«

»Das soll jetzt nicht arrogant klingen«, sage ich. »Aber sie sehen alle ähnlich aus – jung, unsicher, auf einfache Art attraktiv. Wie die sieben auf ihren Fotos, davon sitzen gerade neunzig unten.«

Vera Lohner nickt.

»Glaube auch nicht, dass sich das lohnt. Noch nicht, jedenfalls. Vielleicht, wenn ich mehr weiß.«

Sie verabschiedet sich, nicht ohne eine Visitenkarte auf dem Beistelltisch zurückzulassen. »Der Form halber. Ich habe das Gefühl, sie schaffen es in den Recall.«

»Das habe ich auch.«

Ich schenke ihr mein schönstes Lächeln. Ich meine es von Herzen.

Was für eine Frau!

Ich schließe die Tür hinter ihr.

Was für eine Scheiße!

Es war in der letzten Zeit schon ein paar Mal passiert, dass plötzlich Leute mit Fotos oder ausgedruckten Bildern in den Händen vor unserem Personal standen. »Haben Sie vielleicht diesen Jungen, das Mädchen gesehen?« Verzweifelte Eltern, müde Detektive.

»Nein, haben wir nicht, tut uns leid, so viele Leute hier, sehen Sie selbst … if we can do anything to help …«

Meester ist eine echte Spur – es gibt eine »alte Akte«. Meester ist die Spur aus Brotkrumen, die direkt in den dunklen Wald unserer finsteren Herzen führt.

Kinder finden diese Spur nicht.

Lohner ist eine erfahrene Spurenleserin.

Ich spüre, wie der Boden unter meinen Füßen knirscht und verrät, dass er nur dünnes Eis ist.

Nicht stehen bleiben!

Ruhig weitergehen!

Wenn du nicht in deiner Vergangenheit versinken willst, musst du fliegen lernen.

Du wirst nicht fliegen können, ohne loszulassen, was dich am Boden hält.

Das Loslassen wird wehtun.

Am besten jemand anderem.

63

Ich treffe mich mit Meester und Lise in meinem liebsten Fischrestaurant, um ihnen vom Besuch der Kripo-MILF zu erzählen. Beide reagieren völlig unterschiedlich. Lise bleibt kalt wie Hundeschnauze. Ich habe eher das Gefühl, sie findet es lustig, spannend. Lise mag Katz-und-Maus-Spiele. Meester reagiert apathisch. Ich muss ihn explizit fragen, ob Kühltruhen, Werkstatt, Maschinen alle sauber sind und der Spurensicherung standhalten würden. Meester krümmt sich, mit rotem Kopf hustend, zu einem Nicken, schlägt mit der Stirn auf die Tischplatte und wirft dabei sein Bier um. Riesenschweinerei. Und dann, als er wieder atmen kann, sagt er mit schiefem Grinsen den Satz, den er besser nicht gesagt hätte. Schlimmer als der Defätismus ist der Gesichtsausdruck, den er dabei hat – voller Sehnsucht. Als wäre es die Ankündigung der Erlösung, das Versprechen von Ruhe und Frieden; der Kopf auf dem Hackklotz.

Ich verstehe es sofort. Die letzte der fünf Sterbephasen – Zustimmung: Der Betroffene nimmt sein Schicksal an. Er isoliert sich, will nicht mehr gestört werden, zieht sich von der äußeren Welt in die innere zurück. Die Phase vorher: Depression. Mit einem Mal kommt eines zum anderen: Meester läuft seine finale Runde. Er ist fertig, geschafft, pfeift auf dem letzten Lungenbläschen. Nicht mal mehr das Entbeinmesser an seinem Oberschenkel wirkt noch bedrohlich. Meesters größter Traum ist in Erfüllung gegangen. Es hat ihn nicht gerettet.

In dem Moment ist mir klar, dass ich noch nicht bereit bin, mich einsacken zu lassen. Es ist eine Frage der Ehre. Ehre spielt keine Rolle, wenn die Verteidigungslinien dicht und tief gestaffelt stehen. Wenn Verteidigung nur eine Frage der Fülle von Material ist. Ehre beginnt, wenn es persönlich wird.

Alle Serienkiller haben das Verlangen, sich zu offenbaren. Wenn sie zu lange nicht erwischt werden, beginnen sie Zeichen zu hinterlassen, werden übermütig. Sie glauben, mit der Öffentlichkeit spielen zu können, halten sich für unantastbar. Ich habe es selbst schon ein-, zweimal gespürt, wenn ich Interviews gab: »Und dann haben wir manchmal noch eine ganz besondere Wurst, von … Wild, das nur bei Vollmond erlegt wird …« Nein, AKW ist nicht nur ein Name. Wurst ist Wahrheit. Es ist eine Philosophie, Ironie und Witz, eine Transformation. Aber diese Art von Erlösung, nach der Meester sich sehnt, ist nicht akzeptabel.

Von dem Moment an ist er Teil des Problems.

64

Als ob das alles nicht reichen würde, kommt mein Sohn Carl am Mittwoch via Amsterdam aus San Francisco.

Es gibt einen besonderen Grund für seinen Besuch, hat er angedeutet. Am Telefon will er ihn mir nicht nennen. Natürlich spüre ich, dass mein Sohn bis über beide Ohren verliebt ist. Bringt er seine Liebste mit? Werde ich vielleicht Großvater? Auf alle Fälle ist es ein Vertrauensbeweis.

So nah wie jetzt sind Carl und ich uns seit seiner Grundschulzeit nicht mehr gewesen. Na klar helfen die 10.000 Kilometer dazwischen. Erfolgreich zu sein hilft auch. Aber vor allem sind es die langen Gespräche, die wir unregelmäßig führen. Ich will es auf keinen Fall versauen, auch wenn ich gerade ziemlich unter Stress stehe; der Auftritt von Vera Lohner hat alte Dinge wieder hochgebracht, die besser auf dem Grund der Kühltruhe liegen geblieben wären. Am Ende ist die Wurst alle, da musst du dich keiner falschen Hoffnung hingeben. Das Universum hat die letzten Jahre vielleicht anderes zu tun gehabt, als dir die Hammelbeine lang zu ziehen, aber es hat dich nicht vergessen. Ich kann spüren, wie es mich durch die Augen von Vera Lohner mustert. Ich bin mir sicher, dem Blick noch eine Weile standhalten zu können. Aber Meester?

Ich hole Carl am Mittwochmorgen in Tegel vom Flughafen ab.

Er kommt nicht allein. Er kommt mit seiner Liebsten.

Sie ist ein Mann. Er ist vielleicht eins neunzig, schlank und schwarz wie die Nacht. Eng umschlungen winken sie mir zu, während sie am Gepäckband auf ihre Koffer warten.

Ich winke zurück: Überraschung!

Habe ich wirklich geglaubt, er käme mit einer texanischen, mexikanischen, hawaiianischen Schönheit, die einen kleinen, runden Babybauch vor sich herschiebt?

Ja ehrlich, habe ich.

Ist nicht so.

Der große schwarze Mann heißt Ryley, umarmt mich, versichert mir in einstudiertem Deutsch, dass er sich sehr freue, mich kennenzulernen.

Ich muss schlucken.

Ich hatte es immer geahnt. Na und?

Ich sage, dass die Freude ganz auf meiner Seite sei.

Ich sehe, wie Carl ein Stein vom Herzen fällt.

Verdammte Scheiße, was hat er denn gedacht?

Dass ich ein homophober Rassist bin?

Er ist mein Junge.

Wir packen die Koffer in den Kofferraum. Als die Klappe aufsteht, frage ich schnell noch, ob seine Mutter Ryley schon kenne.

Carl schüttelt den Kopf.

Er hat seiner Mutter nichts erzählt, nur von unseren Telefonaten. Er musste sich von ihr einen Vortrag anhören, dass sein Vater ein Tiermörder sei, jemand, der mit dem Elend lebender Wesen sein Geld verdiene und schon immer ein Drecksack gewesen sei.

Gefühlt war Carls Mutter ganz nahe an der Erleuchtung.

»Und Ryley?«

»Ryley freut sich auf die Würste!«

»Mein Junge.« Ich bin gerührt, drücke Carl die Luft aus der Brust: »Tut mir leid für deine Mutter! Auf schwarze Schwule kann man sich wenigstens verlassen.«

Wir lachen.

Ich habe für Carl ein Zimmer im Soho House gemietet; ich will uns für den Anfang nicht mit zu viel unberechenbarer Nähe belasten. Gut, ich will Carl auch nicht zu tief in die Beziehung zwischen Lise und mir schauen lassen. Ich will einen guten Eindruck machen.

Ich buche das Zimmer auf eine Junior-Suite um und fahre sie in die Torstraße. Die beiden wollen sich ausruhen, frisch machen und dann später im Wurstkommando mit mir und Lise zu Abend essen. Carl ist ganz aufgeregt vor Erwartung.

»Wurscht is Wohrheit!«, lacht Ryley.

Ich bin nervös.

Manchmal hast du ja so ein komisches Gefühl. Du weißt, irgendwas wird eskalieren. Natürlich willst du das nicht. Aber du weißt auch, dass es eskalieren muss.

Lise kichert, als ich ihr erzähle, dass Carl nicht mit einer Frau, sondern mit einem Mann als Geliebten gekommen ist.

»Und er ist schwarz? Das ist ja lustig.«

»Was ist daran lustig?«

»Nur so.«

Als mein Sohn und sein Freund das Restaurant betreten, entspanne ich mich: zwei schöne junge Menschen. Wir haben den schönsten Tisch zurechtgemacht; gleich vorn am Tresen. Sozusagen auf dem Präsentierteller. Da bin ich noch davon ausgegangen, dass Carl mit einem Mädchen, einem schönen Mädchen, zu Besuch kommt. Ich habe extra Melanie als persönlichen Service für uns abgestellt.

»Ist was?«, frage ich, als ich ihren pikierten Blick sehe.

»Alles gut, Chef.«

Sie lächelt etwas hölzern und dreht sich weg.

Carl scheint auch was gespürt zu haben. Er schaut mich fragend an: »Was sind das hier für Leute?«

»Gute Leute«, erwidere ich. »Die besten, die du dir wünschen kannst.«

»Sehen komisch aus«, Carl schaut sich vorsichtig um, während er Platz nimmt.

Ich habe in der Küche die große Wurstplatte bestellt; Wildwürste, Entenfleischwürste, Grobe Kobe, Käsekrainer – das ganze Programm.

Ryley stürzt sich wie wild auf die Würste.

»I really, really love German Wurscht. »

»Erzählt, wie ihr euch kennengelernt habt!«, verlangt Lise.

Wie alle Mädchen mag sie romantische Geschichten. Unsere eigene Geschichte erzählt sie immer, als wäre sie Aschenputtel und ich der Prinz gewesen.

Die Geschichte von Carl und Ryley ist eine Uniromanze. Ryley hat Soziologie studiert und promoviert über den moralischen Aspekt von genetischer Rekombination.

Ich habe nicht gewusst, dass es so was gibt.

Carl schreibt gerade seine Abschlussarbeit.

Ein Papierflieger trifft Carl am Kopf. Keine Ahnung, woher der kommt. Carl zuckt zusammen.

»Sag mal …« Er springt auf.

An den Tischen wird gelacht und gekichert.

»Die Leute machen gern Quatsch hier«, beruhige ich ihn. »Dafür ist der Laden bekannt. Erzähl weiter.«

Sie trafen sich zuerst in einem Blog, wo sie über das gleiche Thema diskutierten, trafen sich dann in der Bibliothek, versunken in die gleichen Themen. Dann kam der Zufall ins Spiel; eine Demonstration gegen die aktuellen Wahlen, die in einem Straßenkampf endete.

Carl hat Ryley rausgeboxt, ihm das Tränengas aus den Augen gewaschen. Dann der erste Blick, der erste Kuss.

Lise schluchzt.

Ich muss auch fast heulen; irgendwo hinten an einem Tisch wird *Zehn kleine Negerlein* gesungen.

Ich werfe Melanie einen erbosten Blick zu. Ist ja nicht so, dass wir hier sonst keine farbigen Gäste haben; Araber, Asiaten, Südamerikaner – alles da.

Melanie zuckt mit den Schultern.

Fremde, fremde heile Universitätswelt; ich sehe Carl und Ryley als glückliches Paar in einer leuchtenden Blase Richtung Morgen treiben.

Glaube ich das?

Leck mich, es ist mein Sohn!

Lise und Ryley gehen aufs Klo.

Carl nimmt meine Hand, sobald sie weg sind: »Wir wollen heiraten. Sagst du Ja?«

Du hast mich nicht gefragt, als du schwul wurdest. Warum fragst du mich jetzt? Ich schlucke die Frage runter, nehme seinen Kopf in meine Hände, drücke meine Stirn an die seine: »Ja.«

Lise und Ryley kommen kichernd zurück.

Ryley hat geplaudert.

Er und Carl planen die Hochzeit auf Hawaii, Ryleys Großmutter besitzt dort ein Haus, erzählt Lise.

Ryleys Eltern haben ihr Okay schon gegeben, wenn sie gemischtrassigen Beziehungen auch skeptisch gegenüberstehen.

Lise freute sich wie ein Kind auf Hawaii.

Ich nicht.

Ich weiß, wir werden nicht hinfahren.

Ich nicht.

Lise nicht.

Ryleys Mutter ist Cellistin im Seattle Philharmonic Orchestra, sein Vater ein erfolgreicher Gartenbauarchitekt; was für eine großartige Welt, kulturelles Establishment wie aus dem Bilderbuch des nachhaltigen bürgerlichen Glücks.

Meine Welt steht auf dünnem Eis, und das Wasser darunter ist rot.

Es kann jederzeit brechen.

Und dann?

– Was machen Sie so?

– Ach, ich betreibe ein nationalistisches Wurstrestaurant, und ab und an bringen wir der Schwarzen Göttin Opfer. Schwarze Göttin im übertragenen Sinn, spirituell, keine Negerin so wie Sie … aber da sind wir tolerant. Ihr Sohn Ryley sagte mir, sie würden Weiße auch nicht mögen. Spielen Sie denn mit Ihrer Philharmonie nur Negermusik?

Ich kann Carl das nicht antun. Alles, was ich tun kann, ist, den Abstand wiederherzustellen. Ich bin sein Vater; *ich spiele mit den Schlangen und träume, dass der Tod ein Meister aus Deutschland ist, er macht dich zu Wurst, er schiebt dich dir in den Arsch, und dann frisst er dich, Blut im Schuh; ruckediguh, ruckediguh, raus bist du.*

Plötzlich kracht es hinter uns.

Ein Stuhl ist polternd umgefallen.

Einer der Gäste steht gerade im Raum, den Arm erhoben, leicht schwankend.

»Wurst ist Wahrheit«, deklamiert er: »Wir als Gemeinschaft lassen uns die Deutsche Wurst nicht nehmen, auch wenn wir dafür beschimpft und verfolgt werden.

Wir sind eine Gemeinschaft, die mit Stolz am Grill steht und mit Verachtung auf das schaut, was globale Konzerne dem Volk in die Tiefkühltruhen schmuggeln.

Wir sind eine Gemeinschaft, die Liebe und Treue nicht gegen Bonus-Punkte tauscht. Eine Gemeinschaft, die sich lieber hingibt als aufgibt und die Metzger, Schlachter, Jäger, Hausfrauen und Mütter ehrt, wie es unsere Väter getan haben.

Glaubt nicht, das wäre nur die Einleitung für eine Speisekarte. Nein, es ist eine Kampfansage: In Wurst ist Wahrheit!«

Applaus brandet auf.

Immer mehr Stühle fallen um, Gäste stehen auf, heben ihre Biergläser, skandieren: »Wurst ist Wahrheit! Wurst ist Wahrheit!«

Das Wurstkommando-Manifest. Wenn der Abend lang genug ist, fängt immer einer damit an.

Ich schaue auf Lise.

Ich schaue auf Carl und Ryley.

Ich schaue auf die roten Gesichter, sehe die Begeisterung, spüre die Hingabe.

»Was war das?« Carl hat die Augen vor Schreck weit aufgerissen.

Ich versuche, das nicht zu hoch zu hängen; irgendwer habe diesen Text verfasst und ins Netz gestellt. Seitdem verbreite er sich, und seine öffentliche Deklamation hier im Restaurant scheine für manche der Höhepunkt eines gelungenen Wurstabends zu sein, warum auch immer.

»Aber das war total faschistisch!« Carl will nicht drüber wegkommen. Er bebt vor Aufregung, seine Stimme bebt, als er sich zu mir beugt: »Du musst diese Leute rausschmeißen!«

Die Stille, die plötzlich zwischen uns entsteht, ist so dick, die kannst du auf den Grill legen.

Super.

»Setz dich.« Ich versuche, Carl zu beruhigen. »Das sind keine Faschisten, das sind meine Gäste. Wenn es Faschisten wären, kämen sie hier nicht rein! Außerdem sieh es doch mal so: Früher war die Welt eng und borniert, und die Jugend hat für Toleranz und Offenheit gekämpft. Heute ist die Welt tolerant und offen, da finden manche halt Enge und Borniertheit wieder chic. Das geht vorbei.«

»Nein!«, bockt Carl.

»Setz dich!« Mir reicht es. Ich habe den ganzen Tag gute Miene gemacht. Ich packe Carl am Handgelenk und ziehe ihn auf den Stuhl zurück. »Lass es. Hör auf, hier Ärger zu machen.«

»Hast du das nicht gehört?« Carl starrt mich voller Entsetzen an. »*Wir als Gemeinschaft … Deutsche Wurst* … Du weißt es, du weißt es! Das sind Faschisten! Du hast einen Faschistenladen! Oh my God, mein Vater hat einen Faschistenladen!«

Ich schüttle den Kopf.

»Hör auf. Du kennst diese Leute nicht. Du weißt gar nichts von ihnen. Die sind in Ordnung. Die arbeiten hart, die haben sich ein bisschen Spaß verdient. Das sind Leute, die … die wollen irgendwohin gehören«, ich höre mich reden, nach Entschuldigungen suchen und spüre dabei, wie ich langsam sauer werde: »Was bildest du dir eigentlich ein, Sohn? Du kommst aus deiner Berkeley-Kalifornien-Blase eingeschwebt, präsentierst mir deinen Kerl, fragst nicht, ob das okay ist, gibst mir keine Chance, dich zu verstehen, erklärst nicht, warum das so ist, ziehst dein Ding durch, und beim kleinsten Gegenwind, wenn nicht alle vor Begeisterung die Regenbogenfahne schwenken, schreist du: Faschisten!«

Carl starrt mich an. »So denkst du also?«

»Ja«, knurre ich. »So denke ich. Oder jedenfalls denkt so ein Teil von mir!«

»Faschist!« Carl sieht mir tief in die Augen. »Verfickter deutscher Wurstfaschist.«

Zu Ryley: »Let's go!«

Zu mir: »Das war's!«

»Bist du dir sicher?«

Ich sehe meinen Sohn an. Sehe, wie mein Sohn den Blick abwendet, wie er Lise zunickt, sich umdreht und gerade und etwas steif die zwölf Schritte zum Ausgang geht.

Ich könnte aufspringen und ihn zurückhalten.

Tue ich nicht. Wenn du eine Haltung hast in dieser opportunistischen Welt, eine Haltung, die sich sperrt, die den *Flow* stört, sich der Durchlässigkeit und Transparenz verweigert, dann hat das Konsequenzen. Faschist genannt zu werden ist so eine Konsequenz. Es hat nichts mit mir zu tun. Ich bin nicht gekommen, um Frieden zu bringen, sagt der Markt, der alte Sack, sondern den Krieg, denn da verdiene ich mehr. Ich entzweie den Vater mit dem Sohn, die Mutter mit der Tochter, jede Gesellschaft mit sich selbst, mach daraus konkurrierende Minderheiten. Außerdem habe ich Sinn für Humor: Hitler war Vegetarier.

Die Tür fällt hinter Carl und Ryley ins Schloss. Sie wird sofort wieder geöffnet, weil neue Gäste in den Laden drängen. Leute, die hier sein wollen!

Lise legt mir tröstend die Hand in den Schritt.

»Tut mir leid.«

Beppo und Melanie stehen bei mir.

»So spricht ein Sohn nicht mit seinem Vater«, tröstet mich Beppo.

Ich stehe auf, nicke Melanie und Beppo zu. Ich warte, bis es still wird.

Das ist ein trauriger Tag für mich, meine lieben Wurstbürger, denke ich. Ich habe meinen Sohn verloren. Ich hätte versuchen können, ihn festzuhalten. Aber dann hätte ich meine Hände nicht mehr frei für das Wurstkommando. Verlieren gehört zum Leben, Loslassen sowieso. Wüsste ich sonst, was Gewinnen ist? Ich mache mich gerade. Meine Stimme klingt ruhig und voluminös, als ich rufe: »Eine Runde Freibier für alle!«

Ein Stuhl fällt um.

Mehr Stühle fallen um, das Poltern wird zum Rauschen. Dann ist es still.

»Wurst ist Wahrheit!«, deklamiert jemand hinter mir mit lauter und entschiedener Stimme, und immer mehr fallen in den Chor ein. »Wir sind die Bewegung, die ihre Wahl getroffen hat: für die Wurst, für die Heimat …«

65

Es zerreißt mir das Herz, und ich bin heilfroh, dass es mit Carl so ausgegangen ist. Jedes andere Ende wäre für ihn noch schlimmer geworden.

Dass alles zu einem Ende kommen muss, ist klar.

Wie bei jedem guten Ende hat der Zufall auch hier seine Finger im Spiel. Es ist ein Freitag, früher Nachmittag, noch nicht viel los. Meester ist im Kühlraum neben der Küche, um die Lagerbestände zu überprüfen. Da Meester seine Anfälle überall bekommen kann, haben wir auf jedem Regal, in jedem Raum, den Meester nutzt, Notfall-Sprayflaschen für ihn bereitgestellt, so auch im Kühlraum.

Ich warte einen Moment, gehe dann hinterher. Ich habe keine Absicht, aber ich weiß, dass es getan werden muss.

Meester beugt sich gerade über eine Kiste mit Coburgern, als ihn ein Anfall erwischt. Es klingt, als würde jedes einzelne Lungenbläschen den Weg aus seinen Brustkorb hinaus in die Freiheit antreten wollen.

Es ist grausam, kaum zu ertragen.

Meesters Hand tastet nach dem Spray. Ich bin schneller. Ich ziehe es ein kleines Stück weg, dann noch eins.

Die Hand tastet, wird panisch, beginnt zu krampfen. Meester röchelt, seine rot unterlaufenen, tränenden Augen sehen mich, seine zitternde Hand versucht, nach der rettenden Sprayflasche zu greifen. Ich halte sie zwischen Daumen und Zeigefinger, wippe ein wenig damit, schüttle den Kopf.

Meester fordert die Sprayflasche.

Er hat nichts mehr zu fordern. Er hat alles bekommen, was er sich je gewünscht hat. Ich ziehe meine Hand ein Stück weiter zurück.

Meester beginnt zu betteln.

Das ist unwürdig.

Zwischen zwei Attacken begreift er.

Akzeptanz, Selbstakzeptanz – der einzige Weg zum Frieden.

Meester liegt vor mir auf dem Boden, eine Hand in der Kiste mit den Bärlauchwürsten, die andere versucht, auf dem glatten Beton Halt zu finden. Speichel und Tränen laufen aus ihm, während kein einziges Atömchen Sauerstoff den Weg durch seine verkrampften Bronchien in sein Blut findet.

Er sieht mit glasigen Augen, wie ich die Flasche in die andere Ecke des Kühlraums unter ein Regal kullern lasse.

Mit letzter Kraft, die Ader auf seiner Stirn droht zu platzen, schaut Meester noch einmal auf, schauen wir uns in die Augen.

»Wahrheit.« Ein atemloses Flüstern.

Ich will nichts schöner machen, als es ist, aber ich sehe Dankbarkeit.

Ich warte noch einen Moment, bis sich der Sturm gelegt hat, sich die verkrampften Gesichtszüge lösen, der Tod seinen zarten Schleier drüberlegt, dann trete ich »Hilfe, Hilfe!« brüllend die Tür des Kühlhauses auf und schleppe den rotblau angelaufenen leblosen Meester nach draußen. Sofort bricht in der Küche die Hölle los. Telefone werden gezückt, der Rettungswagen gerufen, nach Adrenalinspritzen verlangt, Herzdruckmassage probiert.

Es dauert nicht länger als sieben Minuten, dann ist der Rettungswagen da.

Sie können nichts mehr tun.

Ich bin wie versteinert vor Schmerz.

Lise liegt mir stumm und bleich in den Armen, Melanie und Beppo kommen dazu.

Auf dem Grill verkohlen die Würste.

Verschwendung.

66

Ich habe keine Ahnung, wie groß das Zeitfenster ist, das mir bleibt, bis Vera Lohner aufkreuzt und Fragen stellt. Ich springe ins Auto, fahre zu Meester nach Hause, durchsuche seine Wohnung, finde sie kalt und aufgeräumt, sehe das Schwert an der Wand, erinnere mich an Lises Geschichte, überprüfe die Klinge, sehe die dunklen Flecken, hoffe, dass es reichen wird.

Als ich innerlich aufgewühlt nach Hause komme, sitzt Lise vor der Kali-Statue und macht sich die Nägel. Es gibt nicht viel, was so sexy ist wie ein Mädchen in Slip und Trägerhemd, das sich die Zehennägel lackiert.

»Die Polizistin war da. Ich soll dir ausrichten, sie kommt morgen wieder. Du hast Stefan umgebracht.«

»Hat sie das gesagt?«

»Nein, das sage ich.«

Lise sagt das nicht wie eine Anklage, eher wie eine Feststellung.

Vor der Kali-Statue brennt ein Licht.

Müde und verschwitzt setze ich mich zu ihr, streichle ihren Oberschenkel: »Erzähl keinen Quatsch.«

»So oder so.« Lise schmiegt ihr Gesicht in meine Hand. »Du warst es. Du hast ihm seinen sehnlichsten Wunsch erfüllt. Daran sterben die Leute.«

Ich drücke meine Nase in ihr Haar.

Sie hat recht.

»Es tut mir so leid!«

Das ist eine Lüge.

Nichts tut mir leid.

Die Wahrheit ist, dass wir jeden Tag sterben, dass wir jeden

Tag etwas töten, dass wir jeden Tag dem Ende ein Stück näherkommen. Das Universum treibt kalt, leer und frei von jeder Empathie vor sich hin, tot wie eine Blase Erdöl, voller Spuren vergangenen Lebens, wartend auf den Zündfunken, der ein neues Höllenfeuer entfacht.

Dennoch bin ich nicht bereit, das Ende auf uns zukommen zu lassen.

»Glaubst du die Geschichte mit dem toten Freund, die Meester dir erzählt hat?«

Lise nickt. »Warum nicht? Er hat mir erzählt, damals hätte er die ersten Würste gemacht …«

Tief in mir entspannt sich was.

Auftraggeber werden mitgehängt.

Berater ziehen weiter.

Das Katana mit dunklen Flecken auf dem gefalteten Stahl in Meesters Wohnung: Die Lösung eines alten Vermisstenfalls.

Frau Lohner muss sie nur finden.

67

Ich erwarte Vera in meinem Büro. Wir haben das Restaurant seit dem Morgen aus technischen Gründen geschlossen. Ich habe eine Inventur angeordnet und Bartosz noch in der Nacht angewiesen, die gesamte Produktion zu kärchern und zu desinfizieren – sicher ist sicher.

»Espresso?«, frage ich fürsorglich. »Sie sehen müde aus.«

»Danke, gleichfalls.«

»Wen wundert's.«

Ich mache zwei Doppelte.

»Ich weiß nicht, wie es weitergeht. Meester war die Seele der AKW, und es waren seine Rezepte.«

»Hat er sie nicht aufgeschrieben?«

»Er hat sich geweigert. Er sagte immer, es gäbe so viele gute Rezepte und trotzdem so viel schlechte Wurst.«

Wir rühren in unseren Tassen. Müde gefällt mir Vera noch besser. Es macht sie so mürbe, so verletzlich.

»Wir haben Stefan Meester obduziert.«

»Warum? Er ist erstickt, ich war quasi dabei.«

»Wir wollten sicher sein. Im Umfeld der Alternative Kommando Wurst verschwinden Menschen; ich komme Sie besuchen, frage nach Meester, und ein paar Tage später ist er tot.«

»Und ich habe ihn umgebracht?!«

»Ein Mann wie Sie würde mir das doch nie verzeihen, wenn er nicht ein wenig verdächtig wäre, oder?«

»Ein wenig!« Ich zeige es mit den Fingern.

Wir flirten. Ich kann es nicht fassen.

»Es war ein Asthma-Anfall.« Vera nippt vom Espresso. »Der Pathologe hat Schleimpfropfen in seinen Bronchien und Bronchiolen, eine dilatierte rechte Herzkammer und Erstickungsblut in den Lungen gefunden. Wie Sie sagen, hat er wohl einen Anfall gehabt, ist nicht an seine Medizin gekommen, panisch geworden, das Adrenalin ist ins Blut geschossen, was alles noch schlimmer gemacht hat … Bewusstlosigkeit wegen Sauerstoffmangel, Erstickungstod. So haben Sie ihn gefunden, oder?«

»Sein Spray war weg.«

»Haben wir unter einem der Regale gefunden – ist ihm wohl aus der Hand gefallen.«

»Was für eine verdammte Scheiße!« Ich schlage mir die Hand ins Gesicht, warte einen Moment, atme schwer durch. »Entschuldigung.«

»Ist Ihnen noch was zu Meester eingefallen – wegen der alten Vermisstensache?«

»Ich weiß nicht«, ich verrühre einen Löffel Zucker in meiner Tasse. »Klingt vielleicht etwas bizarr.«

»Ach, bizarr ist gerade richtig. Erzählen Sie.«

»Er hat öfter was von seinem Samurai-Schwert erzählt. Irgendeine Blutsache. Ich habe das mehr als Metapher genommen. Ehrlich gesagt, habe ich es für was Sexuelles gehalten – Blut am Schwert, knick-knack, Sie wissen schon.«

»Hatte er Freundinnen, eine Geliebte, ist er in den Puff gegangen, hat er Ihnen was erzählt?«

»Nichts. Wenn er eine erotische Beziehung zu etwas hatte, dann zu Fleisch – rohem Fleisch. Jedenfalls weiß ich von nichts anderem. Er hat an seinen Rezepturen gearbeitet; wenn er ganz allein sein wollte, ist er in den Wald gegangen.«

»Danke. Apropos bizarr: Der Pathologe hat Menschenfleisch in seinem Magen gefunden, gekocht und verarbeitet. Routineuntersuchung. Wir gucken uns den Mageninhalt immer an. Bestimmte Rattengifte zum Beispiel können Erstickungsanfälle auslösen. Na ja, vielleicht haben wir ja die Reste eines unserer Vermissten gefunden.«

Fast spucke ich vor Entsetzen meinen Espresso über den Tisch. Ich bin fassungslos, bringe nichts weiter hervor als ein geröcheltes: »Bitte?«

»Er hat Menschenfleisch gegessen – ungefähr zwölf bis sechs Stunden vor seinem Tod.«

»Gott!« Ich klammere mich an meinem Schreibtisch fest, achte darauf, dass die Fingerknöchel richtig weiß werden. »Heißt das …«

»Ich weiß nicht, was das heißt. *Doch*, ich weiß es! Es ist keine Vermisstensache mehr. Es ist jetzt eine Mordsache.«

»Sie sind Vegetarierin. Ich habe seine Würste gegessen!«

»Wow. So weit habe ich noch gar nicht gedacht!«

Vera lehnt sich zurück, ihre Bluse klappt auf und gibt den Ansatz ihres Busens frei.

»Sie scheinen Ihrem Freund ja alles zuzutrauen. Hätten wir uns früher getroffen, hätte ich Sie vielleicht vom Vegetarismus überzeugen können …«

Ich nicke. »Bestimmt.«

Ich kann meinen Blick nicht von ihr abwenden.

»Ja?« Sie schaut mich an. »Sie haben eine Frage. Fragen Sie!«

»Könnten Sie sich vorstellen, mit mir zusammen alt zu werden?«

»Bitte?« Sie lacht. »Kleiner haben Sie es nicht?«

»Nein«, sage ich. »Ich will nur wissen, ob Sie es sich vorstellen können …«

»Ich dachte, Sie stehen eher auf Minderjährige mit problematischer Kindheit. Darüber werden wir übrigens auch noch reden müssen … nachdem ich mir den Laborbericht und die DNA-Analyse zu den kleinen braunen Flecken auf der Klinge Ihres ehemaligen Partners angeschaut habe. Unser Waffenexperte meint übrigens anerkennend, es sei ein Hanwei-Schwert.« Sie nickt mir lächelnd zu.

»Sie haben mir keine Antwort gegeben.«

Sie schaut mich lange an, dann geht sie.

In der Tür dreht sie sich noch einmal um. »Ja, könnte ich.«

Es tut mir leid für sie. Wir werden nicht miteinander alt werden. Ich habe einen anderen Plan.

68

Vor ein paar Monaten schon hatte ich ein ernstes Gespräch mit Bockmann. Er warnte mich eindringlich davor, irgendjemanden wissen zu lassen, wie viel Geld wir verdienen. Sie würden sofort versuchen, uns wegen Geldwäsche dranzukriegen. Und wenn sie dann rauskriegen würden, dass es keine Geldwäsche ist, umso schlimmer.

Dass zu viel Bargeld mal mein Problem wird, hätte ich nicht gedacht.

Ich beginne, die Kasse dreimal täglich auf null zu setzen, alle Außenstände einzusammeln, mir alle Beteiligungen auszahlen zu lassen und alles, was nicht offiziell durch die Bücher läuft, dezentral zu verwahren. Was offiziell ist, sollte offiziell bleiben; du darfst nicht zu gierig sein, wenn du deine Bücher zum Abschluss bringen willst. Gib dem Kaiser, was dem Kaiser gehört, und wirf was in den Hut für die Armen.

Frage: Wie bringst du eine größere Menge illegales Geld außer Landes?

Ich frage Zwänger.

»Frag Mohammed«, sagt er.

Also frage ich Mohammed.

»Ganz einfach«, sagt Mohammed. »Du machst es so, wie es auch der Daesh, die Mafia, die internationalen Raubkunstbanden und alle machen, die große Mengen Bares an Banken und Finanzaufsichten vorbeizuverschieben haben – du benutzt das Hawala-Finanzsystem.«

Hawala ist ein Überweisungssystem, das im frühen Mittelalter im Orient entwickelt wurde und sich gerade wieder großer Beliebtheit erfreut. Jährlich werden damit weltweit ungefähr 200 Milliarden Dollar transferiert.

Mohammed verweist mich an einen Muhammed und kündigt mich an. So geht Hawala – immer nur persönlich.

Ich suche Muhammed in seinem Laden für Handy-Hüllen und gekühlte Getränke auf, nenne das Passwort.

Muhammed ist der lokale Hawaladar für Neukölln. Er trägt einen Kaftan, einen sauber gestutzten Bart und wirkt im Ganzen wie ein Mann, den das Schicksal zur richtigen Zeit am richtigen Ort platziert hat.

Muhammed kennt mich, kennt das Wurstkommando. Es ist die Aufgabe eines Hawaladars, alles zu kennen. Wir kommen schnell ins Gespräch. Wir Deutschen seien einmal auf einem so guten Weg gewesen, sagt er, die Wurst alleine wird es nicht schaffen, das Volk zur Umkehr zu bewegen, gleichwohl versteht er den Ansatz. Er bietet mir Tee an. Wenn das Banner des Propheten endgültig über Berlin weht, sagt er, sei in der Stadt immer noch Raum für Männer wie mich. Natürlich wäre es ihm eine Ehre, wenn ich mich der erhabenen Religion anschließen würde. Für die normalen Menschen des Westens wird es eine Erlösung sein, wenn sie endlich den Widerstand aufgeben dürfen, um heimzukehren in die Gemeinschaft der wahrhaft Liebenden. Er zitiert Margaret Thatcher: Gesellschaft – die gibt es gar nicht. Das ist das Elend des Westens, konstatiert er. Der Tisch ist voll, das Herz ist leer. Jeder kämpft für sich. Er lacht, während er das Geld zählt. Es sind knapp 900.000 Euro; das Ersparte eines arbeitsamen Lebens.

Er will wissen, wer es wo abholen wird.

Ich sage es ihm.

Er lächelt.

Als wir fertig sind, zahle ich ein Prozent Gebühr für den Transfer: Salam aleikum!

69

Zeit, Abschied zu nehmen. Das Leben hat mir eine zweite Chance gegeben. Es gibt keinen Grund, nicht an eine dritte zu glauben. Du musst nur flexibel genug sein, darfst dich nicht an den Dingen festhalten, die du gerade besitzt. Vorher hattest du andere Dinge – du mochtest sie, hast sie vielleicht sogar geliebt, dann waren sie nicht mehr wichtig.

Auch vorher gab es schon Glück.

Hinterher wird es neue Dinge geben, neues Glück.

Wer weiß das schon.

Der Himmel über der Stadt ist so hoch und blau, als säßen noch immer Engel auf der Siegessäule; als würde in den Straßen noch immer getanzt, als wäre die Mauer gerade erst gefallen und dieser Abend der Beginn eines großen Friedens, in dem aus jeder Wunde der Stadt ein Wunsch wächst; in dem die Welt unter Linden zu einem Dorf zusammenrückt, die Beats heitere Delfin-Strategien zum Schwingen bringen und das Internet auch den Fernen, den Verlassenen, den Abgehängten das Gefühl gibt, eins zu sein mit allem.

Das alles hätte es werden können.

Ist es aber nicht.

Ich habe Meesters Buch mit den Wurstrezepten in der Werkstatt gefunden. Nachdem ich hineingeschaut habe, verstecke ich es in einem der Kühlräume unter einer losen Fliese; Nahrung für Vera Lohner. Es ist mit zittriger, verkrampfter Hand geschrieben und enthält genau sieben Rezepte. Sie heißen 1 bis 7. Das erste beginnt mit: »1,3 kg Schinkenfleisch (jungen Norweger), in Lorbeersud kochen …«

»Weißt du, wie krank das ist?«, frage ich Lise, frage ich mich selbst.

»Was ist daran mehr krank als an deinem Krank und an meinem Krank?«, fragt sie zurück.

»Mein Krank?« Ich schaue Lise irritiert an. »Mein Krank ist – ich bin nicht krank. Ich bin hier und da ein Stück zu weit gegangen, hab's übertrieben, okay, gebe ich zu. Das ist vorbei, verstehst du? Für mich war – es ist passiert. Ich bin Berater, ich kann nicht anders. Da kannst du nicht Nein sagen, wenn du die Chance hast, einmal alles richtig zu machen, verstehst du? Wie Spiele manchmal eskalieren. Man geht einen Schritt, noch einen Schritt und – zack – ist es der Schritt zu weit. Die Frage, die wir uns stellen müssen: Ist es vorbei mit allem, lassen wir uns früher oder später ans Kreuz nageln, oder kommen wir hier zusammen raus, gehen zum Beispiel nach New York, werden neue Helden?«

»Wie meinst du das – *rauskommen*?«

Ich schlag mit der flachen Hand aufs Bett. »Die Bullen haben bei der Obduktion Reste von Menschenfleisch in Meesters Magen gefunden. Er ist der Kannibale, er ist der Böse! Die Polizei findet ein Buch mit seinen Rezepten für Würste aus Menschenfleisch, es gibt sein Schwert mit Blutspuren auf der Klinge … wer weiß, was es in seiner Wohnung noch gibt, wenn die Spurensucher richtig loslegen. Wissen wir was? Nein, wir wissen von nichts, gar nichts! Wir haben keine Ahnung. Er war unser Partner, aber er hatte ein eigenes Leben. Manchmal war er für ein paar Tage verschwunden … wer weiß? Wir müssen die Nerven behalten, wir müssen angemessen entsetzt sein, aber es könnte klappen.«

»Was könnte klappen?«

»Na Mensch, Meester war ein Menschenfresser, oder? Wir sind sauber, bleiben sauber. Wir sind auch Opfer, verstehst du? Der ganze Albtraum geht mit Meester dahin, die Wolkendecke reißt auf, Sonne scheint, wir verkaufen die Filmrechte!«

»Und dann werden wir beide zusammen alt und glücklich, haben Kinder und Katzen? Halt – alt bist du ja schon!«

Lise lacht hart. Sie kniet vor mir auf dem Bett, packt mich an der Hüfte, hält mich fest.

»Und ich werde keine Kinder kriegen, Papa. Ich bin *steril.* Aber ich bin jung. Ich habe noch nie so gut gegessen, ich hatte noch nie solche Lust! Das Wurstkommando – das bist nicht nur du. Das war auch Meester. Das bin auch ich. Ihr habt nicht gefragt. Ihr habt mich gelassen wie ich war. Wir müssen uns einen neuen Metzger suchen. Wie Meester immer gesagt hat: Es ist gutes Fleisch.«

Lise kichert, nimmt meine Hand und legt sie auf ihr Gesicht.

»Schön glatt, oder? Alles straff! Das ist das Cortison, das ich nehme, um die Antipsychotika besser zu vertragen. Macht mich im Kopf schön dröge, lässt mich aber besser funktionieren, hält die Wut im Zaum. Aber manchmal will der Papa doch sein wütendes Mädchen, oder? Dann setze ich die Pillen ab – damit die Lust größer wird. Sie sagen, ich sei eine Borderlinerin. Du sagst, ich sei Kali. Ich sage, ich komm nicht raus aus mir!«

»Was?« Ich streife ihre Hände von mir. »Du nimmst Tabletten? Wieso weiß ich das nicht?«

»Weil ich dich nicht interessiere.« Lises Augen füllen sich mit Tränen. »Du hast nie gefragt, was mit mir ist, wolltest nie was wissen von mir. Hast mich geholt, als ich in deinen Plan passte. Hast mich geil gefunden, weil du ein alter Sack bist, weil du ein persönliches Verhältnis zu meiner Möse hast! Ja, du bist liebenswürdiger als die meisten Kerle, die ich kannte, die mich gefickt haben. Du hast mir Geschenke gemacht. Richtige Geschenke. Aber du warst nie da, nie hier!« Sie legt mir die Hand auf die Brust, auf die Stelle, wo das Herz sitzt. »Außer beim Ficken!«

Das ist nicht wahr, denke ich, jedenfalls nicht ganz. Aber das spielt keine Rolle mehr.

Lise hat sich nach diesem Ausbruch auf mich fallen lassen, ihren Mund an meinen Hals gelegt. Ich spüre ihre weichen Lippen.

Es klingelt an der Tür.

Es ist Vera Lohner, ob sie kurz hochkommen dürfe?

Sie darf.

Vera Lohner entschuldigt sich für die Störung. Sie mustert Lise, die auf dem Bett sitzt, sich demonstrativ gelangweilt die Haare kämmt. Sexy bis zum Abwinken. Lohner sieht das auch. Sie lächelt. Sie erzählt im Plauderton, dass sie noch mal alle ungeklärten Todesfälle durchgegangen sei, die ins Opferschema passen würden – jung, nachtaktiv, gut aussehend. Nicht weit von hier sei im Dezember vor drei Jahren ein junges Mädchen auf der Leipziger Straße überfahren worden. Im Obduktionsbericht stehe, dass sie ziemlich auf Drogen gewesen sei und dass sie kurz vor ihrem Tod rabiaten Geschlechtsverkehr gehabt habe. Jedenfalls würden die Bissmale, die Verletzungen im Hals und Spuren fremder DNA darauf hindeuten.

Vera fragt, ob wir so freundlich wären, ihr jeder eine Speichelprobe zu geben. Wir hätten doch bestimmt Wattestäbchen.

Haben wir.

Ich frage freundlich zurück, ob sie denn eine richterliche Anordnung habe.

Habe sie nicht.

Wir wünschen einen schönen Abend.

70

»Was war das?« Lise starrt mich an. Ich sage, dass man das »auf den Busch klopfen« nenne. Eine Methode, um die Schlangen aufzuscheuchen.

»Schlangen?«

»Uns.«

»Sie mag mich nicht«, sagt Lise und starrt auf die Tür, durch die Kommissarin Lohner gegangen ist. »Aber sie will dich.«

Ich sage ihr, dass sie mich nicht kriegen wird.

Lise lehnt sich gegen mich, ich spüre meinen Hals von ihren Tränen nass werden, während sie flüstert: »Ich bin müde. Bring es zu Ende, mach Schluss mit mir, mit allem. Ich will nicht in einer geschlossenen Klinik enden, aufgeschwemmt von Pillen, eingesperrt wie ein Tier. Ich will nicht bis ans Ende meiner Tage aus Plastikschüsseln fressen und die Wärter auf Knien anbetteln, mich zu ficken. Mach Schluss.«

Du musst Kali nehmen, wie sie ist, denke ich. Du kannst eine Göttin nicht ändern. Wenn du es versuchst, frisst sie dich. Du kannst sie nur töten.

Die nach rechts drehende Swastika auf der Stirn der Göttin Kali: das Feuerrad, der Zündfunke. Der Himmel hängt voller loser Enden. Es sind Zündschnüre. Halt ein Feuerzeug ran und dann: Bumm!

Leben.

Es ist Lises Entscheidung.

Ich akzeptiere das.

Ein Plan, der für zwei gedacht ist, funktioniert allein noch besser.

Lise schaltet um, wie man mit dem Finger schnippt, hebt den Kopf, giggelt, schnurrt.

»Komm, böser Papa, besorg's mir!«

Sie fällt nach hinten um, zieht die Unterschenkel unterm Po hervor, hebt die Beine und reißt sich den Slip runter.

Eine schönere Möse habe ich nie gesehen.

Ich ficke sie nicht.

Ich nehme ihren Kopf in die Hände und suche stumm und blind nach ihren Lippen, suche den ersten Moment, wenn empfindliche Haut nach warmem Widerstand tastet, wenn der erste kleine Funke überspringt, ein Prickeln, das verrät, dass zwei füreinander richtig geladen sind. Unsere Zungen berühren sich an den Spitzen, zucken zurück, suchen sich wieder.

Die wahre Zärtlichkeit wächst, wenn das lärmende Begehren ausgebrannt ist – wir sind zu oft zu weit gegangen. Vielvielviel zu weit. Wir haben keine andere Wahl gehabt. Es ist die Magie der Mathematik; egal wie groß die beiden negativen Zahlen sind, wenn sie miteinander multipliziert werden, ergeben sie ein Plus.

Es hätte Liebe sein können, aber Liebe ist nur Menschen möglich.

Jetzt sind wir fertig damit.

Ab jetzt ist alles Abschied.

»Als ich klein war, damals in Dresden, dachte ich, dass die ganze Stadt wegen meines Geburtstages geschmückt sei. Überall rote Fahnen zum 1. Mai. Ich liebte sie. Im Kindergarten erklärten sie mir, dass es nicht wegen mir, sondern wegen des Internationalen Tages der Arbeiterklasse sei. Ich war fünf, ich weinte. Manfred neben mir lachte mich aus. Ich schlug ihm auf die Nase, dass das Blut nur so herausschoss. Meine Mutter musste mich aus dem Kindergarten abholen. Die Welt ist eine Enttäuschung, und wenn du dagegen rebellierst, wirst du auch noch bestraft!«

»Das ist ungerecht«, bestätigt Lise. »Ich hätte dich verteidigt.«

»Ich weiß. Das hast du, seit wir uns kennen.«

Wir sind so zärtlich, so achtsam, so einander zugewandt, dass wir weinen. Unsere Tränen schmecken gleich salzig und bitter. Um uns ist Licht. Um uns ist Kälte. Wir verbrauchen den letzten Sauerstoff, ziehen die mentalen Sprengstoffwesten über, befestigen die Auslöser im Auge des anderen; Gott ist groß und kalt und ohne jegliches Interesse an dem, was hier passiert.

Kali ist auf unserer Seite.

»Wo immer du hingehst, da werde ich auf dich warten!«, sagt sie.

Später zähle ich Lise ihre Pillen einzeln in den Mund, ich will es wenigstens einmal für sie tun.

Ich reiche ihr das Wasser, küsse die pharmazeutische Reinheit ihrer Haut; wir verbringen jede der noch verbleibenden Minuten miteinander, Haut an Haut, einer im Atem des anderen – bis es Zeit ist.

Am Anfang und am Ende musst du warten können.

71

Zwänger ruft am Morgen völlig euphorisch an. Er hat den Vertragsentwurf von den Donald & Sons-Anwälten bekommen.

»Nicht schlecht, nicht schlecht!«, schreit er durchs Telefon. »Noch Luft nach oben, aber ja, sie wollen!«

Der perfekte Anlass, sich mit dem ganzen Team im Wurstkommando zu treffen.

Ich beuge mich rüber zu Lise, küsse sie sacht aufs Ohr: »Komm, Schatz, zieh dich so schön an, wie du kannst. Es geht los!«

Ich trete durch die Tür in den Keller, Lise hinter mir, und wir atmen diesen unvergleichlichen, vibrierenden Duft ein – nach Parfüm, Bier, Schweiß und Fett, nach Blut und gegrilltem Fleisch, nach Begierde und der menschlichen Lust am Untergang. Ich sauge ihn tief in meine Lungen, halte die Tür für Lise auf, und gemeinsam nehmen wir den Applaus der Gäste entgegen, der uns, den überlebenden Gründern der Alternative Kommando Wurst, in diesen harten Zeiten zusteht.

Melanie, sie ist jetzt offiziell unsere Empfangschefin und Gastgeberin, steuert das Ritual unseres Einlaufs.

Lise bleibt unten an den Stufen stehen, öffnet ihren Mantel und zeigt ihr pralles Gretel-Kostüm, das sie zum festlichen Anlass trägt.

Die Jungs johlen, die Mädchen kreischen und wollen ihre Titten sehen.

Lise packt sie aus.

Alle stehen.

Ich verabschiede Lise mit einem langen Kuss Richtung Tresen und drehe als Prinzipal eine Runde durch das Restaurant, begrüße die Gäste, winke, nicke, frage eine Gruppe Dänen, leicht zu erkennen an ihren Wikingerhüten, wo sie herkommen.

»Aus Dänemark!«, schreien sie und heben die Gläser.

Ein putziges Völkchen.

»Wurst ist Wahrheit!«, rufe ich in die Runde.

Aus hundert gut geölten Kehlen schallt es zurück: »Wurst ist Wahrheit!«

Beppo hält mir ein Bier hoch und stellt es auf die Ecke der Zapfanlage.

Ich habe Durst für die Ewigkeit.

Ich habe Vera Lohner auf die Mailbox gesprochen und sie eingeladen, sich die Wattestäbchen abzuholen.

Sie wird zu spät kommen.

Zwänger sitzt mit einem großen Araber hinten in der Ecke. Die beiden haben die Köpfe dicht zusammengesteckt. Mit dem Vertrag aus den USA in der Tasche sind plötzlich auch die Staatsfonds aus Riad interessiert.

Mit der Hand macht mir Zwänger hinterm Rücken Zeichen. Ich nehme an, es bedeutet: *Alles gut. Erzähl ich dir später.* Könnte aber auch *halt dich raus* oder *morgen kommt der Weihnachtsmann* heißen.

Egal.

Bockmann sieht gestresst aus, als er durch die Tür tritt und seinen Stammplatz ansteuert. Er hat weder Frau noch Geliebte dabei.

Ich lasse ihm zur Entspannung ein Weizen bringen.

Ich spüre, wie das Bewusstsein des nahen Endes mich milde stimmt und mein Lächeln voller Vergebung für alle und jedes ist. Ich sehe rüber zu Lise, die mir einen Kuss schenkt. Ist es der letzte?

Wird er bleiben?

Natürlich weiß sie, dass unser Ende kommt. Sie ist Kali, sie weiß alles.

Ach, am Ende ist es okay, ein wenig sentimental zu werden. Nie habe ich andere Frauen geliebt als solche, die sich nachts an mich klammern wie Ertrinkende. Nur durch sie habe ich geglaubt, dass ich schwimmen kann in diesem wilden Meer Leben.

Ich reiße meinen Blick von Lise los. Beppo zeigt auf das Bier, das er mir gezapft hat. Er öffnet den Mund, aber ich höre ihn nicht mehr. Ich höre schon die Welle, die sich hinter ihm auftürmen wird. Er hat es verdient, von ihr verschlungen zu werden.

Glänzende Gesichter beugen sich verschwörerisch lächelnd hinab zu gierigen Schößen, die betäubt und penetriert werden wollen. Zwänger sieht vor seinem Geist ein Imperium im Schoße eines Immobilientyrannen heraufdämmern – gespickt mit arabischem Geld. Bockmann zieht seine weiße Weste glatt und will weiter trinken. Alkohol, das ist seine wahre Geliebte.

Alle sind bereit.

Ich sehe die Gesichter, die leuchtenden Augen, die fettigen Kinne, Hände gehoben, um nach einem besseren Leben zu greifen, das so nicht kommen wird.

Ich lache.

Danke, dass ihr alle gekommen seid!

Ja sicher, auch ich hätte es verdient, ein schreiendes Ende zu finden. Aber was soll ich sagen, Freunde? Das Leben ist nicht immer fair, gerecht schon gar nicht.

Es gibt immer jemanden, der damit durchkommt.

72

Ich gehe nach hinten in die Küche, wo sie schwitzen, wo sie, wie in einer fein abgestimmten Choreografie, umeinander hertanzen, die bleichen, kalten Würste aus den Vakuumtüten reißen, den Grill und den Garer bestücken, die fertigen heißen Würste auf die Teller drapieren. Genauso, wie Meester es sie gelehrt hat.

Meester ist nicht mehr da.

Bald wird niemand mehr da sein.

Ich lasse meinen Autoschlüssel in eine Ecke fallen. Dann nehme ich meine Breitling Navitimer vom Handgelenk. Sie ist mir von Anfang an zu protzig gewesen. Ich löse die Schließe des Armbands, lege sie auf dem gefliesten Boden ab und schiebe sie mit dem Fuß unter die Spüle.

Alles, von dem ich will, dass es von mir übrig bleibt: ein Autoschlüssel und eine Uhr.

Ich gehe in den Abstellraum, in dem wir die Propangasflaschen lagern, fünf an der Zahl, und öffne ein Ventil nach dem anderen. Als ich den Raum verlasse, stelle ich ein Glas Gewürzgurken zwischen Tür und Rahmen, damit die Tür nicht aus Versehen zuschlägt. Die ideale stöchiometrische Mischung bei Propan mit Sauerstoff liegt bei 4%. Wenn zum richtigen Gas-Sauerstoff-Gemisch noch Staub- und Fettpartikel dazukommen, und davon gibt es in der Küche reichlich, ist ein beeindruckendes Feuerwerk garantiert.

Niemand beachtet mich. Wenn der Chef durch die Küche geht, sind alle Blicke konzentriert, arbeiten alle wie Maschinen; Hände fliegen hin und her, kurze Rufe von links nach rechts, von rechts nach links. Würste werden gegart, gesotten, knusprig gegrillt. Leuchtdioden zeigen Garzeiten und Bräunungsgrad an, es piept und zischt; Teller stehen in Reih und Glied auf dem Tresen zum Anrichten, als hätte es was zu bedeuten.

Ich beuge mich kurz unter den Herd und löse die Überwurfmutter über dem Ventil zum Propangasanschluss, dann zerre ich am Schlauch; es ist so viel Hitze in der Küche, so viele Funken, so viel Feuer. Es ist so viel Glut unter den gefliesten Böden, unter den geschminkten Lidern, unter meinem alten Gesicht mit den fingertiefen Falten. Es wird brennen. Wut, Verrat und Verlust strömen als brennbare Gase in dieses große NATO-grüne Behältnis, auf dem vorn in schwarzen Lettern *Alternative Kommando Wurst* steht und auf der Rückseite: *Fickt euch alle!*

Ich sehe das Gas aus seinem Gefängnis kriechen – in meinen Ohren, in meinem Kopf. Schwerer als Luft, kriecht es langsam aus dem Abstellraum, ist noch unsicher ob der plötzlichen Freiheit, mischt sich langsam mit der darüberliegenden leichteren Luft – 0,5%, 1%, 1,5% ... Ich blähe die Nüstern. Ich weiß, es wird gut. Es ist nur eine Frage der Sättigung.

4% sind nicht zu viel verlangt.

Alles eine Frage des Timings.

Ich gehe durch die kleine Tür des Trockenlagers zum Aufzugsschacht. Ich habe extra eine Tür einbauen lassen, damit die Gerüche der Küche nicht mit dem Essensaufzug durchs ganze Haus ziehen.

Ich schließe die Tür hinter mir, der Lärm der Küche wird leiser. Ich lösche das Licht. Die letzten Bewegungen kann ich blind: Ich schwinge mich in den Korb des Essensaufzuges. Mit der Hand reiche ich gerade noch an den obersten Etagenknopf. Ich ziehe die Klappe von innen zu.

Langsam quält sich der Aufzug nach oben. Mein Herz rast. Der Gedanke, in diesem dunklen Schacht von der Explosionswolke geröstet zu werden, ist nicht angenehm. 2%, 2,5%, 3% ... Die Zündtemperatur liegt bei 470°C.

Ein Funke genügt.

Das Haus bäumt sich auf, erzittert, bebt bis in seine Statik. Risse laufen quer über die Wände, Türen springen aus den Zargen, Glas splittert. Es erwischt mich im hinteren Treppenhaus. Es ist wie ein einziger Schrei. Ich werde von den Füßen gefegt und fliege die Treppe hinab, knalle mit der Schulter auf Beton.

Ich laufe mit anderen schreienden, blutenden Menschen aus dem Haus. Ich trage eine alte Schlabberjacke, ein Käppi und darunter eine Langhaarperücke. Meine Augen sind hinter einer Sonnenbrille verborgen.

Ich bin nicht mehr Frederic Baecker.

Ich bin nicht mehr Chef.

Ich bin ein namenloser Nerd.

Ich laufe einfach weiter, geradeaus, anscheinend ziellos, wie die ganzen anderen Verwirrten. Die nächste Querstraße links bremse ich meinen Schritt, verfalle in normalen Trott. Von ferne heulen Sirenen, die Explosion liegt noch als dumpfes Dröhnen in den Häuserschluchten, das Sirren der Splitter hallt in meinen Ohren nach. Irgendwo, weit hinter mir, ist eine Welle aus Feuer, Wurstbrät, Fett und blutigem Fleisch gegen die Wände gekracht; ein gigantischer Thermomix hat alles zermahlen und als Fontänen aus den Kellerfenstern geschossen.

Es ist mit einer hohen zweistelligen Zahl von Toten zu rechnen.

73

Ich steige in einen blauen Toyota Corolla, Baujahr 2006, der am Gehweg parkt. Es gibt kein unauffälligeres, zuverlässigeres Auto als einen Corolla. Ich habe ihn bar bei einem Gebrauchtwagenhändler im Wedding gekauft.

Ich checke das Handschuhfach. Darin liegt ein Reisepass der Bundesrepublik Deutschland, ausgestellt auf René Domogalsky, geboren 1969 in Dresden. Das Bild ist meins, der Pass ist in der Bundesdruckerei gefertigt und in Prag überarbeitet worden. Mohammed hat keine Fragen gestellt. Er selbst hat drei Identitäten. Es ist gut, in diesen unsicheren Zeiten mehr als eine Persönlichkeit zu haben.

Im Pass liegt ein Flugticket, Hin- und Rückflug mit Etihad von Frankfurt nach Mumbai, mit Zwischenstopp in Abu Dhabi.

Den Rückflug werde ich verfallen lassen.

René Domogalsky hat online eingecheckt und seine Identität von Facebook bestätigen lassen.

Realer kann Domogalsky nicht sein. Da die Karl-Marx-Straße dicht sein wird wegen der Feuerwehren und Rettungswagen, umgehe ich den Stau und fahre durch die Sonnenallee Richtung Autobahnauffahrt.

Ein aufmerksamer Experte der Spurensicherung wird bald die Reste meines Autoschlüssels finden und die verbrannte, ausgeglühte Breitling. Überlebende Zeugen, mit der ganzen Kunst der Notfallmedizin zusammengeflickt, werden bestätigen, dass Frederic Baecker, von seinen Mitarbeitern »Chef« genannt, zuletzt in die Küche gegangen ist.

Es wird Tage dauern, bis sie alle Leichenteile zusammengesetzt haben. Bis Vera Lohner klar sein wird, dass ich nicht unter den Toten bin.

Ob sie sich freuen wird?

Ich brauche nicht mehr als ein paar Tage.

In Mumbai, in der Road Nr. 11, wartet Muhamat auf mich, der regionale Hawaladar des Stadtbezirkes Andheri East.

900.000 Euro sind eine Menge Geld.

In Indien ist es ein Vermögen.

Ich habe ein paar Adressen von Leuten, bei denen ich das Geld anlegen kann.

Heroin ist wieder groß im Kommen; die Welt ist voller Angst vor morgen. Wo aber Angst ist, da wächst das Tröstende auch … und Opiate.

Was dann?

Ich bin bald 50.

Ich werde weiterziehen nach Zentralindien, nach Madhya Pradesh, dorthin, wo einst der Stamm der Thuggee siedelte, bevor die Briten ihn ausrotteten.

Ich werde mir irgendein armes Dorf kaufen, wo die Menschen ohne falsche Bildung leben und der Göttin ergeben sind. Ich werde Lise einen Schrein errichten lassen, das Blut der Jungfrauen trinken und mit ihnen eine Armee von Söhnen zeugen. Irgendwann werde ich mit dieser Armee in die Städte ziehen und mit rostigen Macheten meinen Zorn als blutigen Kommentar in weiße Hemden, maßgeschneiderte Anzüge und perfekte Make-ups hacken lassen. Ich werde der Welt ihr wahres Gesicht zurückgeben: eine Fratze aus zerstörter Hoffnung und blutigem Fleisch. Ich bin mir der Lächerlichkeit dieser Aktion bewusst – und doch, es ist ein Anfang.

Jeder Anfang hat Folgen.

Das Zeitalter der Göttin Lise hat gerade erst begonnen.

– Ende –

Fritz Hendrick Melle
WURST
Roman

ISBN 978-3-86265-699-8

Titelfoto: Jens Book
Covergestaltung: Toni Buschatz

VERLAG
Schwarzkopf & Schwarzkopf Verlag GmbH
Kastanienallee 32, 10435 Berlin
Telefon: 030 – 44 33 63 00
Fax: 030 – 44 33 63 044

INTERNET | E-MAIL
www.schwarzkopf-schwarzkopf.de
www.facebook.com/schwarzkopfverlag
info@schwarzkopf-schwarzkopf.de